चोर निकल के भागा

चोर निकल के भागा

मृणाल पाण्डे

राधाकृष्ण प्रकाशन

ISBN : 978-81-8361-485-6

चोर निकल के भागा

पहला संस्करण : 1995
चौथा संस्करण : 2015
पहली आवृत्ति : 2023

मूल्य : ₹395

प्रकाशक
राधाकृष्ण प्रकाशन प्राइवेट लिमिटेड
जी-17, जगतपुरी, दिल्ली-110 051

शाखाएँ : अशोक राजपथ, साइंस कॉलेज के सामने, पटना-800 006
पहली मंजिल, दरबारी बिल्डिंग, महात्मा गांधी मार्ग, प्रयागराज-211 001
वेबसाइट : www.radhakrishnaprakashan.com
ई-मेल : info@radhakrishnaprakashan.com

मुद्रक
बी.के. ऑफसेट
नवीन शाहदरा, दिल्ली-110 032

CHOR NIKAL KE BHAGA
Play by Mrinal Pande

चोर निकल के भागा

पात्र परिचय

महेश
सुरेश : तीन युवा रंगकर्मी
रमेश
रामऔतार : ढाबे का छोकरा
नीता : सुरेश की मित्र
बाबाजी
मास्टर गेंदालाल
शरीफा बी : दो बूढ़े पारसी थियेटर के भूतपूर्व रंगकर्मी
टी.वी. उद्घोषक या उद्घोषिका
अधिकारी
कर्मचारी
बब्बर भाई साहब
(स्विट्ज़रलैंड वाले)
टीटो-पीटो
(बब्बर भाई साहब के दो गुंडे)
जोकर
जेम्स बांड

अंक एक

दृश्य एक

[स्थान एक जीर्ण-शीर्ण ढाबा, जहाँ मेज़ के नाम पर काठ की एक बेंच पड़ी है और उसके चारों ओर कुछ घिसे मोढ़े (या टीन की पिचकी कुर्सियाँ) हैं। उन्हीं पर बैठे तीनों मित्र—महेश, सुरेश और रमेश—गम्भीर बौद्धिक बहस में लीन हैं। रामऔतार एक कोने में ट्रे बजाता, ढिठाई से खड़ा तीनों मित्रों की बातचीत सुन रहा है। परदा उठता है।]

रामऔतार : *(ट्रे बजाते हुए ढिठाई की)* ऑडर होगा अब? आधे घंटा तो हो गया।

रमेश : ओए, व्हाट इज योर प्रॉब्लम यार! अभी दो लोग और आने को हैं।

रामऔतार : ऑडर तो आपने वही दो कप का देना है—खाली कप कितने लाना है, बाद में बता देना।

महेश : बन्धु, चाय का एक बटा अट्ठासीवाँ प्याला भी हम पिएँ तो उसे गर्मागर्म तो होना ही चाहिए, है कि नहीं? अब तूने लाके रख देनी चाय, ते उन दोनों ने एज यूजुअल देर लगानी, तो बोल, चाय का आइसक्रीम हो जाना है कि नहीं?

रमेश : *(पुचकारकर)* तुम अपना काम करो बॉस, हम आपको पुकार लेंगे।

[रामऔतार का स्पष्ट अनिच्छा से ट्रे

बजाते हुए प्रस्थान।]

महेश : कहा था मैंने, बिलकुल कहा था कि महाराजाधिराज जी अपनी संयोगिता को लेकर साढ़े छह से पहले आ जाएँ तो मेरा नाम बदल देना। ये ही सब सामन्ती संस्कार हैं बुर्जुआ वर्ग के, जो हिन्दी के तुम्हारे नाट्य-जगत में क्रान्ति नहीं होने दे रहे।

[सुरेश का प्रवेश]

सुरेश : ओए, कौन क्रान्ति नहीं होने दे रहा है भाई? *(रमेश से)* क्यों बे हातिमताई?

रमेश : तू! तू! तू! साले मुवे बुर्जए!!

महेश : और तेरी लैला! अरे छैला! *(इधर-उधर देखकर)* परन्तु अकेला? क्या हुआ? ऐ बुर्जुआ? देरी का कारण?

सुरेश : यानी नीता का फीता। अथ सूत उवाच—*(पूजा करानेवाले पंडित के स्वर में)* एक बार की बात है कि बस में किसी के पैर के नीचे दबकर नीता की चप्पल का फीता जो था सो टूट गया। अकाल असमय ग़रीबी के बीच फीते के ऐसे टूटने से वह दुखी बुर्जुआ सन्नारी इस वक्त मोची नामक प्रोलितारियन जीव को तलाश कर रही है। पर चूँकि इस वामपन्थी इलाके में प्रोलितारियेत का पुनर्जन्म हो चुका है...

महेश : देखो, वामपन्थ पर ये गैरजिम्मेदाराना छींटाकशी ठीक नहीं। एक तो लेट आते हो...

सुरेश : ओए, कार्ल मार्क्स—ताने न मार! कुल आधा घंटा ही तो लेट हैं यार! *(बैठते हुए)* इतवार के दिन तो दुनिया गढ़नेवाले ने भी आराम किया था।

महेश : ये सब तुम कलावादी कैपिटलिस्टों के धार्मिक मिथक हैं।

सुरेश : ओए, तो अपने विष्णु भगवान तो हरदम एक प्रतिबद्ध यानी कुंडलीबाज़ शेषनाग पर ही लेटे रहते हैं। यार, *(गम्भीरता से)* मुझे तो लगता है...

रमेश : *(समवेत)* क्या?

सुरेश : कि बड़ी दार्शनिक गहराइयाँ हैं अपने इस पारम्परिक भारतीय बिम्ब में। एक तो वह अजगर लो, जिस पर वह लेटे हैं, वह प्रतीक है कि अजगर करे न चाकरी, यानी अजगर हुआ आजाद खयाल कलाकार और जो लाल कमल विष्णु की नाभि से निकला है, सच मानो तो ये तीसरी दुनिया के कलाजगत की क्रान्ति का प्रतीक है—*(मुक्तिबोध को कोट करता है)* "तब मैंने देखीं वह बाँहें, जिसमें काँपता रहता प्रतिपल—अरुण कमल एक।"

महेश : तुम...तुम मुक्तिबोध को गलत-गलत सन्दर्भों में कोट नहीं कर सकते—यहाँ पहली बार अन्तर्राष्ट्रीय क्षेत्रों में आदमी सतह से ऊपर उठ रहा है, कलाओं के जनतन्त्र में लगातार हस्तक्षेप हो रहा है और तुम खिल्ली उड़ाते हो! भारत भवन में, यानी भारत-भर में इस समय कला का जनतन्त्र खतरे में है। नुक्कड़ नाटक ही उसे बचा सकते हैं, जैसाकि बादल सरकार कहते हैं। भारत-भर में बंगाल ही जानता है सच्ची क्रान्ति का मर्म—*(जोर से)* "आमा के चाय एकटी मुक्ति कौथा आमा के चाय..."

[रामऔतार का नेपथ्य से धड़धड़ाते हुए दो प्याले चाय लेकर प्रवेश। प्याले रखकर विजय गर्व से]

रामऔतार : दो चाय।

[सम्मिलित ठहाका। महेश की स्थिति कुछ हास्यास्पद। रामऔतार भौचक्का मुँह देखता है।]

रामऔतार : क्या आप सबके लिए एक-एक चाय आएगी?

सुरेश : मुन्ने, वह शुभ दिन जब आएगा तब तक तू अपने पोते के कन्धे का सहारा लेकर चल रहा होगा। अच्छा, जा...हाँ, खाली प्याले?

[रामऔतार पीठ के पीछे छुपाए हाथ में तीन प्याले फटाक से निकालकर रखता है। ट्रे बजाते हुए प्रस्थान]

महेश : हँसो मत। तुम नाटक वालों के लिए होते हो पर हम कामकाजी लोगों के लिए वर्ग-संघर्ष मामूली चीज़ नहीं है सुरेश—समाज के सर्वहारा वर्ग की तकलीफ...

सुरेश : के बारे में इसदम मेरे कान बन्द है—*(नाटकीयता से पारसी थियेटराना अन्दाज में)* क्योंकि—एक शेर फरमाया है, मुलाहिजा हो—

रमेश : *(समवेत) इरशाद!*

सुरेश : *(गाकर)* दिल को नशा है इश्क का, आँखों को दीद का।
सोहराब आब गुलाम है, गर्द आफरीद का।

[रमेश-उमेश वाहवाही के पुल बाँधते हैं।]

महेश : यह सब सामन्ती थियेटर के लटके छोड़ो। प्रतिबद्धता से खुद को जोड़ो। मैं फिर दोहराता हूँ कि क्रान्ति की सम्भावना चुकी नहीं इस मुल्क में। जैसाकि मारक्यूस भी कहता है—बस, हमें एक नया मॉडल चाहिए। समय आ गया है, मैं कहता हूँ, आ गया है समय, कि हम तीसरी दुनिया के

बौद्धिक लोग खुले दिल से स्वीकार करें कि हमें शोषित मुल्कों के पूँजीवाद पर चोट करनी ही होगी...

[नीता का प्रवेश—वह सुरेश की मित्र है।]

नीता : *(बैठते हुए)* और इन शोषित लोगों की जो शोषित औरतें हैं, उनके बारे में क्या राय है आपकी? उनकी जगह कहाँ है—वाम, दक्षिण या हाशिए पर?

सुरेश : *(नकली अचरज से)* औरतें? कहाँ? कहाँ?

रामऔतार : *(एक कोने से झाँकते हुए)* प्याला और लाऊँ या चाय?

सुरेश : खाली प्याला ही लाना भाई—आज तो कड़क मामला है, एकदम।

रमेश : ऐसा करें यार कि व्यवस्था के पीसे हुए समर्थ पूँजीपति लोगों का एक सहृदय प्रतिष्ठान बनवाएँ—ऐसा प्रतिष्ठान, जो चुके हुए लेखकों के कॉफी हाउस का बिल चुकाए। उसका नाम होगा—'चुके का चुकाना'।

सुरेश : और उसके मेनीफैस्टो का शीर्षक होगा—'चुक चुके का चुकाया'...

रमेश : और उसका उद्घाटन एक धाँसू नाटक से करना होगा—चाहे मालवी में मौलियर कर लें...

नीता : या बुन्देलखंडी में ब्रेश्त।

सुरेश : या सरायकैला छाऊ में सोफोक्लीज़...या बृजभाषा में बैकेट!

महेश : *(उठने का उपक्रम करता है)* ऐसी बकवास सुनने से तो...*(सब उठकर उसे बिठाते हैं।)*

नीता : *(सुरेश से)* बकवास बन्द करो...*(महेश से)* यार, तुम भी खूब हो! सुरेश की चखचख का बुरा

मानने लगे तो हो चुका। असली बात तो रह ही गई...

महेश : *(बैठता हुआ)* क्या बात?

नीता : चाय।

[रामऔतार का एक और प्याला लिये प्रवेश, प्याला रखकर दूसरे हाथ से एक ड्रॉपर देता है महेश को]

महेश : यह क्या है?

रामऔतार : मालिक ने भेजा है कि दो-तीन लोग और आ गए तो उनकी जीभ पर इससे टपका देना।

[हँसते हुए ट्रे बजाते हुए प्रस्थान]

रमेश : बड़ा बदज़ुबान लड़का है।

महेश : दरअसल इस सर्वहारा का आक्रोश एक वर्ग-संघर्ष की उपज है। उसे हमने-तुमने अपने नाटकों में जगह देनी ही होगी—जैसाकि ब्रेश्त ने...

नीता : क्या आज सारी शाम हम ब्रेश्त के वर्ग-संघर्ष की बात करते हुए ड्रॉपर से चाय पिएँगे?

रमेश : यार, ये ज़रा ज़्यादती है। पहले तो अपने मित्र की परममित्र को यहाँ बुलाकर उसे टू-इन-सिक्स चाय पिलाओ, ऊपर से वर्ग-संघर्ष, चलो संघर्ष-फंघर्ष के बजाए कुछ अच्छी भारतीय बातें करें।

सुरेश : मसलन प्रेम।

महेश : *(तुनककर)* ये बुर्जुआ हिन्दोस्तानी लन्तरानियाँ आपको ही मुबारक! मैं चला *(उठने का उपक्रम करता है; सुरेश, रमेश और नीता पकड़ के फिर बिठा देते हैं।)*

सुरेश : लो। अरे पापे, प्रेम से बड़ा प्रोलितारियन और इन्टरनेशनल मसला तो अल्ला मियाँ ने बनाया ही

नहीं। *(भावुकता से)* शीरीं फ़राहद की ही सोचो—प्यारा मेहनतकश फरहाद! *(फर्श पर घुटने टेककर अभिनय करता है ज़मीन खोदने का)*

रमेश, नीता : *(समवेत)* हाय! हाय!

सुरेश : हाज़रीने जल्सा, उस मुरीदे-इश्क का दामन चाक-चाक है।

रमेश, नीता : हाय! हाय!

सुरेश : औ 'पहाड़ खोदता पुकारे जाता है—लैला'।

नीता : वो तो मजनू था।

सुरेश : यार, तू तो कर चुप। हाँ, तो भाइयो, क्या अपना मजनू शोषित नहीं था? प्यार का मारा?

रमेश, नीता : *(गाते हैं)* हाय, पत्थर से न मारो मेरे दीवाने को!

[नेपथ्य से जोरदार आवाज़ में]

आवाज़ : अलख! अलख! अलख निरंजन बम शंकर! बाबा आया है, बाबा प्यासा है। बाबा कुछ पिएगा...

[रामऔतार का प्रवेश। ट्रे खड़खड़ाकर जैसे बन्दरों को भगाने के लिए किया जाता है, एक पाँच का सिक्का फेंकता है।]

रामऔतार : ओए बाबे, मालिक ने ये पाँच पैसा दिया है, ले और फूट! चले आते हैं मुफ्तखोरी करने को—चार पैसा टिप का कभी देंगे नहीं..

[बाबा का प्रवेश। भव्य लम्बा-चौड़ा डीलडौल, गेरुआ वस्त्र।]

बाबा : बेअदब, बदगुमान, दो कौड़ी का बच्चा और दो हाथ की जुबान? जा, पत्थर की मूरत बन जा!

[रामऔतार ट्रे हाथ में पकड़े फ्रीज हो जाता है। चारों युवा अचरज से कभी

एक-दूसरे को—तो कभी बाबा को देखते हैं।]

सुरेश : बाबा जी, चाय पिएँगे? *(नीता उसे चिकोटी काटती है।)*

बाबा : *(अट्टहास कर)* तू पिलाएगा हमें बर्खुर्दार? ला, पिला...

नीता : *(डरते-डरते)* बाबा मुंडू को छोड़ दीजिए तो एक प्याला और मँगा लें।

बाबा : इसे? इस उद्धत बालक को? कभी नहीं—प्याला चाहिए? ये लो, ओं बमभोले! *(हवा से प्याला निकालकर)* ला, पिला—*(बैठ जाते हैं डरते-डरते शेष लोग भी। रामऔतार मूर्तिवत खड़ा है।)*

महेश : बाबा, आप पूरा प्याला ले लीजिए, हम बाँटकर एक से ही पी लेंगे।

[बाबा गटागट एक प्याला पी जाते हैं।]

बाबा : *(डकार लेकर)* ओं! बमभोले शंकर, काँटा लगे न कंकर। बाबा तृप्त हुए। माँगो जो माँगना है।

महेश : मैं...

सुरेश : *(टोककर)* परम पूज्य बाबा साहब, इससे पहले कि यह भोला बालक सोवियत संघ में कम्यूनों के पुनः दूधो नहाने पूतों फलने की या प्रोलितारियत के घर सुख-सम्पत्ति और सन्मति देने की माँग करे—मैं आपको खुलासा कर दूँ कि हमारी असल ज़रूरतें क्या हैं?

रमेश : यार, क्यों बाबा जी को...

बाबा : बोलने दो बालक को...

सुरेश : हाँ, तो बाबाजी, बात ये है कि हम चारों दोस्त जो हैं, सो एकदम कड़क...

बाबा : बस, बस, बस! त्रिकालदर्शी बाबा ने सब जान

लिया—तुम चारों का मूल कष्ट है धनाभाव। पैसे की तंगी—लैक ऑफ मनी—ठीक?

चारों : ठीक।

बाबा : तो मेरे साथ मेरा गुरुमन्त्र दोहराओ—ऊपर वाले ने चाहा तो राह निकल आएगी। बोलो—परम्परा।

सब : परम्परा।

[बाबा मिलिटरी बैंड की धुन की नकल में बोलेंगे—चारों मित्र उसे वैसे ही दोहरावेंगे।]

बाबा : परम परम, पररम, पररम। परम्परा।

सब : परम्परा!

[इसी तरह तीन-चार तरह से जाप करवाने के तत्पश्चात्]

बाबा : *(प्रसन्न होकर)* इत्यलम्। बहुत है। बाबा खुश हुए। *(हवा में हाथ घुमाकर कहीं से दो डिबियाँ निकालते हैं)*—यह लो। यह दो प्रकार की भभूत है—एक का नाम है अणिमा, दूसरी का गरिमा। इनका समझ-बूझकर प्रयोग करो, काम सध जावेगा। जय शंकर!

महेश : पर बाबा, इस भभूत से होगा क्या?

बाबा : *(किंचित रोष के साथ)* बहुत सवाल पूछता है बालक! एक झापड़ देंगे बाबा, तो अक्कल बाएँ से दाएँ आ जाएगी।

नीता : *(डरते-डरते)* बाबा, उसका मतलब सिर्फ यही था कि इन भभूतों के गुण क्या हैं?

बाबा : *(उसके सिर पर चपत मारकर)* री मूर्खे, यही होता है, हिन्दी ठीक से नहीं पढ़ने से। तुम्हारी आँखों के आगे कामधेनु बँधी रहेगी और तुम लोग रुके रहोगे कि कोई अंग्रेज़ी में बताए तुम्हें कि दिस

होली काउ गिव्स थिंग्स नॉट मिल्क। हूँ?

सुरेश : बिलकुल सही फरमाया बाबा! इनसे कहिए भभूत, तो समझेंगे कि कोई भूत को देखकर हकला रहा है।

बाबा : *(अट्टहास करके)* तुम्हारी हाजिरजवाबी से बाबा प्रसन्न भए। जाओ, तुम्हारी सहायता हमारा एक गण करेगा। *(आँखें मूँदकर)* बाबा सिर्फ एक बार बोलेंगे, नोट कर लो—*(चारों मित्र उत्सुकता से पास सिमट आए हैं)* यहाँ से पाँच मील दूर उत्तर दिशा में डी.डी.ए. का भयानक जंगल है। वहाँ पहुँचने के लिए तुम्हें जान हाथ पर लेकर सात-सात फ्लाईओवर नामक ऐसे समुद्र पार करने होंगे, जहाँ नगर निगम के ठेले, परिवहन की बसें तथा टू और थ्री व्हीलर नामक भयानक जीव मँडराते होंगे। पर डरना मत। जंगल आने पर गुरु-मन्त्र जपते हुए पहले दाहिने मुड़ो, फिर आठ मकान छोड़कर बाएँ। वहाँ डबलरोटी की दुकान के पीछे एक ऊँची इमारत है—इमारत की छत पर बरसाती है—नम्बर है 420। वहाँ मास्टर गेंदालाल नाम के बाशिन्दे से मिलना और उसे यह डिबिया दिखाकर बताना कि तुम बाबा के भेजे हो। आगे की राह वही बताएगा, जै शंकर...

रमेश : *(साष्टांग दंडवत करके)* जै हो बाबा, बस एक विनय और!

बाबा : *(गरजकर)* क्या है?

रमेश : बाबा, इस मुंडू नामधारी बालक को भी क्षमा...

बाबा : तुम लोग कहते हो तो ठीक है—पर इतना शाप इस पर रहेगा कि अगले बारह घंटों तक तब-जब यह मुख खोलेगा, उससे कुत्ते की वाणी ही निकलेगी।

[अपने कमंडल से पानी छिड़कते हैं, रामऔतार चैतन्य। फिर भौं-भौं करता हुआ ट्रे में प्याले समेटकर ले जाता है। इसी हड़बड़ी के बीच बाबा चले जाते हैं।]

नीता : *(अचानक)* अरे, बाबा कहाँ चले गए?

[नेपथ्य से रामऔतार का दौड़ते हुए प्रवेश। बड़े अचम्भे से कन्धों पर हाथ लगाकर उड़ने का तथा चुटकी बजाकर छूमन्तर होने का भाव जता कर बाहर को इशारा करता है। यानी बाबा उड़न छू हो गए।]

सभी : *(समवेत)* क्या?

रामऔतार : भों! भों! भों!

[परदा गिरता है।]

दृश्य दो

[परदा उठता है। स्थान मास्टर गेंदालाल की बरसाती का कमरा। खूँटियों पर कपड़े टँगे हैं, एक ओर बैंड वाले की वर्दी टँगी है, एक बोर्ड सामने टँगा है, जिस पर लिखा है : 'दि न्यू अल्फरेड दिलकश बैंड ऑफ बाम्बे'। लुंगीधारी मास्टर गेंदालाल हार्मोनियम पर बैठे 'अमानत' की इन्दरसभा का कोई गाना गा रहे हैं—कोने में एक अधेड़ पर अभी भी चटक-मटक तेवरों वाली स्त्री, एक स्टोव पर चढ़ी पतीली में कड़छी चला रही है। कोने में एक टोकरी में भाजी रखी है। यह स्त्री मास्टर गेंदालाल की सहधर्मिणी शरीफा बेगम हैं—दोनों का हाव-भाव करतबों से स्पष्ट है कि विगत में दोनों काफी समय एकसाथ नाटकों में काम कर चुके हैं।]

गेंदालाल : *(गाता है)* अरी जोगना दर्द की मुब्तिला
फकीरों का भेस तूने क्यूँ कर लिया?
अरी जोगनाऽऽऽ

शरीफा : *(कड़छी चलाते हुए)* महाराजा, पूछो ना हम फकीरों का हाल
फकीरों का दिल दर्द से है निहाल—
महाराजा पूछो ना।।

गेंदालाल : अरी जोगनाऽऽऽ

शरीफा : महाराजा, पूछो नाऽऽऽ

गेंदालाल : अरी...

[अचानक दरवाजा खटखटाने की आवाज़ होने पर दोनों यकायक चुप हो जाते हैं।]

गेंदालाल : अरी शरीफा, देखियो जरा, कौन आया हैगा ससुरा इस टैम?

शरीफा : ऐ है—तुम्हारे पैरों में क्या मेहँदी लगी है माश्टर? जरा उठ के खुद क्यों नहीं झाँक लेते? मैंने ये मुई पतीली छोड़ी नहीं कि तमाम सालन जल लाएगा—यूँ भी छीछड़े ही दिए हैं कम्बखत कलुए ने। कहलाता है—उधारी पे गोल बोटी का सालन कैसे दे दूँ? मुआ नसीबों जला!

[गेंदा कराह कर उठता है। द्वार खोलता है। द्वार से चारों मित्रों का प्रवेश।]

सुरेश : *(गला खँखारकर)* मास्टर गेंदालाल?

गेंदालाल : जी हाँ, हमीं हैं, फर्माइए!

[चारों अप्रतिभ से एक-दूसरे की ओर देखते हैं।]

गेंदालाल : बोलिए जनाब, ये यूँ-मूँ में दही क्यों जमाए खड़े हैं? आएँ? चन्दा-वन्दा लेना हो तो अपना रास्ता नापिए—समझे—ये वो गुड़ नहीं तो चींटे खाएँ।

महेश : दरअसल हमें आपके पास बाबा जी ने भेजा है।

गेंदा : *(तनिक शक-भरे स्वर में)* कौन बाबा?

नीता : वही अलख निरंजन बम शंकर।

उमेश, रमेश : परम्परा, परम्परा, पररम् परररम् परम्परा!

गेंदा : *(अचानक चिल्लाकर)* अरी शरीफा, दौड़ियो! अरी चट आइयो इधर, अरे अपने बाबा ने गुरुभाई भेजे हैं। धन्नभाग! अरेरेरे, आइए-आइए! जनाब तशरीफ लाइए। पहले क्यों न बोला कि रँगीले-छबीले बाबा ने भेजा है?

शरीफा : *(कड़छी लिये आती हुई)* मैं जभी बड़े तरद्दुद में थी के ये चार सूटबूट वाले लोग यकायक कैसे? मैं कहूँ के अरी शरीफा, आजकल तो सराधों के दिन हैं—जब अपने बैंडवाले गए हैं धान रोपाई को गाँव, तो इन दिनों बैंड-बाजेवालों को बयाना देने भला कौन आया? *(दरी बिछाती है)* बैठिए-बैठिए!

[सब बैठ जाते हैं।]

गेंदालाल : *(हार्मोनियम पर उँगलियाँ फिराते)* तो बताइए जानेमन, अपने गुरुभाइयों की क्या खिदमत करे ये नाचीज़? चलिए, ठीक पचास बरस बाद गुरु महाराज ने याद तो किया खाकसार को। *(आँखें पोंछते हुए)* कसम से, हम औ, हमारी शरीफा तो उम्मीद ही छोड़ बैठे थे।

शरीफा : उधर हमारी बच्ची का खोना, हमारे दिलों और हमारी नाटक कम्पनी का टूटना, और इधर गुरु महाराज से नाता छूटना, फिर शुरू हुआ ये आलम मुफलिसी का—हाय। *(साँस लेकर फटा पल्लू दिखाते हुए गाती है।)*

ये मेरी ओढ़नी क्या है, मेरे दिल का नमूना है,
फरक बस है ये कि इस चाक से, वो चाक दूना है।

गेंदालाल : *(गाता है)* उड़ा दी मुफलिसी के नाखूनों ने

धज्जियाँ इसकी मगर...खैर अब ये गुजरे जमाने के दुखड़े कब तक रोएँ—थोड़ी कही बहुत जानना, कहने का कुल मतलब ये कि जैसे हैं, ठीक हैं। हाँ, ये बताइए कि आपका इधर आना कैसे हुआ?

महेश : *(गला साफ करता है)* जी, वो दरअसल ऐसा है कि बाबाजी से हमारी एक ढाबे में मुलाकात हुई थी और उन्होंने प्रसन्न होकर कुछ *(डिबिया दिखाता है)* दिया और फिर मदद माँगने के लिए...

सभी : *(समवेत)* आपके पास भेजा है।

गेंदालाल : मदद? कैसी मदद? *(तरन्नुम से)* इस इन्तेज़ार का कुछ माजरा कहो तो सही, मिजाज कैसा है आयँ दिलरुबा? कहो तो सही। *(हार्मोनियम पर उँगलियाँ तेजी से दौड़ाकर)*

शरीफा : हमारे बाबा जी हो गए क्यूँ बेवफा, कहो तो सही।
ये क्यों जमाने की जा बदली हवा, कहो तो सही॥

सुरेश : इससे पेश्तर कि आप लोग...*(गला खँखारता है)* मैं खुलासा कर दूँ कि हमें आपके बाबाजी ये दो भभूत की डिबियाँ पकड़ा गए हैं...

नीता : अणिमा और गरिमा नाम की।

सुरेश : हमें कुछ पता नहीं कि ये क्या है कि इनसे क्या काम किया जा सकता है कि कैसे ये हम चारों की तंगदस्ती मिटाकर हमें लखपति बना सकेगी, क्योंकि यही वरदान था जो हमने माँगा था।

शरीफा : अए-हए, तुम नासमझे निगोड़ों कि—
देखोजी, देखोजी, किस्मत के खेल, छछून्दर के सर पे चमेली का तेल के रामजी खा गए शबरी के

बेर, औ' अन्धों के हाथों में लग गई बटेर।

गेंदालाल : बस करिए मिस शरीफा, ज्यादे ठिठोली भली नहीं, के ठिठोली के सबब से भरतमुनि के सौ-सौ एक्टर बेटे सुरग से निकाले जा के शूद्र्दर हो गए, के ठिठोली के सबब से नारद ने बिस्नु भगवान को सराप दे दिया, के ठिठोली के ही सबब से हँसते-हँसते अपने यहाँ कई जनता-फनता सरकारें उलट गईं, तो जानो के हर घड़ी हर शै में ठिठोली मुनासिब नहीं। *(गम्भीरता से)* आप साहबान पहले अपना तआरूफ करावें, तो बात आगे चले, औ' हमारे दिल की कली खिले।

महेश : मैं महेश हूँ, यह रमेश, यह सुरेश, यह नीता— सुरेश की दोस्त। हम चारों साथ-साथ स्कूल में पढ़े और अब साथ-साथ कड़की से गुजर रहे हैं। नाटक खेलने के अलावे टाइपराइटिंग की अप्रेंटिसी से लेकर छापेखाने की प्रूफरीडिंग तक तमाम काम हम लोग कर चुके हैं पर दो-चार महीने से ज्यादे, कहीं जुगाड़ बैठता नहीं। नाटकों की दुनिया का हाल तो आपसे छुपा नहीं—मैं पेशे से इंजीनियर हूँ, मैं भी बेठौर हूँ...

शरीफा : तो ये कहो कि जेबों में है छेद, औ' पैरों में चक्कर, पै' ख्वाब चाँदों-सितारों के हैं...

सुरेश : कुछ ऐसा ही समझिए...

शरीफा : *(नीता से)* तो अए बेटी, तूने शरीफों की बेटियों की दूसरी राह यानी कि शादी करके गिरस्थासरम बसाने की क्यूँ न सोची? क्या माँ-बाप नहीं हैं तेरे?

नीता : नहीं—सुनते हैं, मुझे गोद लिया गया था। माँ-बाप

गुजर गए। अब बस, एक सौतेला भाई है, जो कहीं लखपति बना बैठा है।

शरीफा : है कहाँ वो?

नीता : बम्बई या दुबई, फिलाडेल्फिया या फिलिस्तीन, चिली या चीन, जापान या ताइवान—कहीं भी हो सकता है। बस, चिट्ठियों का ही नाता है।

शरीफा : औ' जमीन-जायदाद कुछ छोड़ गए माँ-बाप कि नहीं?

नीता : माँ-बाप की जायदाद तो आधों आध हम दोनों के नाम थी, पर अफसोस कि भाई ने हेराफेरी करके दबा ली। अब मैं हूँ, औ' मेरी पार्टटाइम नौकरियाँ हैं—औ' इन दोस्तों की ओट है।

गेंदालाल : अफसोस! हकदार तरसें, अंगारे बरसें।

शरीफा : आमीन!

गेंदालाल : हाँ, तो बच्चो, आपकी हालत सुन के दिल को अफसोस हुआ। करेंगे। हम औ' हमारी शरीफा, जो बन सकेगा, करेंगे आपके हित क्योंकि आप लोग एक तो फाकेमस्त एक्टर, भरतमुनि के वंशज, तिस पै बाबा का आसीस आपके सिर पे। और ये जानिए कि ये अपनी शरीफा भी कोई ऐसी-वैसी नहीं है, समझे? अपने जमाने में अल्फरेड, न्यू अल्फरेड, विक्टोरिया, मदान, मिनर्वा सारे थेटर वाले जूतियाँ चटखारते फिरते थे इसके दर के आगे कि जानी, कांट्रैक्ट पे दस्तखत घुमा दो। पर क्या लगाई इसने आशनाई इस नाचीज़ मास्टर गेंदालाल से कि थूक दिया उस सारी दौलत पे, सनीमों के डैरेक्टरों पे, औ' हमारी बेटी के गुम होने औ' हमारे सरपरस्त

बाबाजी के संन्यास लेने से जो अपनी नाटक कम्पनी बन्द हुई तो सीधे थामी हमारी कलाई, निभाई आशनाई, औ' याँ चली आई।

शरीफा : *(किंचित लजाकर)* ऐ हैं, बच्चों के सामने क्यूँ ख्वामख्वाह चने के भाड़ पे चढ़ाते हो, औ' तिल का ताड़ बनाते हो। वो गुज़री दास्तान बन्द करो अब। आओ बच्चो, भूखे होंगे, सालन है, चारेक रोटियाँ भी हैं, अल्ला के फजल से साथ-साथ खा लो—बातें तो होती रहेंगी। साथ-साथ खाने में बड़ी बरक्कत है।

गेंदालाल : अरे दिवानी, तेरे होते इस घर में क्या कमी? सुन चूल्हा, चक्की, तवा, हांडी, चपनी, फुकनी, फिरकिनी, भँवरा, लट्टू, चट्टू, बजरबट्टू सभी कुछ तो मौजूद है—वे छोटी-सी दो चार चीज़ें नहीं तो क्या हुआ?

सुरेश : क्या-कया नहीं है मास्टर जी?

गेंदालाल : अच्छा खाना, उम्दा कपड़ा, दौलत, इज्जत, बस यही नहीं।

शरीफा : अब बदलगाम, अपनी जुबान थाम। यूँ पुराने नाटकों के पार्ट बोले हो तो दिल उमड़ा आवै है।

गेंदालाल : रूठ गई? अच्छा जाव प्यारी, तुम पर जाऊँ वारी। जाओ, खाने का इन्तजाम करो...

रमेश : मास्टर जी, ये बाबाजी हैं कौन? औ' आपकी बेटी के गुम होने की...?

गेंदालाल : *(लम्बी साँस लेकर)* हैं एक पहुँचे साधू महाराज बेटा। तुम्हारे पूरब जनम के फले सुकरम, जो पड़ी तुम पे उनकी निगाहें करम। सेठ छबीलदास रंगीलदास नाम से मशहूर होते थे बाबाजी। उस

जमाने की मशहूर शै, पारसी थियेटर के आका थे, आका। शरीफा औ' मैं उनके बेटे-बेटी समान थे। पे एक बार लाहौर के दंगों के दर्म्यान कम्पनी पर जो गुंडों ने हमला किया तो हमारी इकलौती बच्ची हमसे बिछड़ गई। इस हादसे औ' कम्पनी की टूटफूट से दिल जो दहला तो बाबा की लौ लग गई ऊपर वाले से, सब कुछ छोड़ के उन्होंने कफनी पहन ली औ' चल दिए हिमाले की ओर। बीच-बीच में सपनों में कह जाते थे कि अए गेंदा बेटे, तुझे औ' तेरी बेटी को भूला नहीं हूँ। करूँगा, कुछ करूँगा तेरे लिए। मिलाकर रहूँगा बिछड़े दिलों को।

शरीफा : ये जानो के बीसियों भूतपिशाच बरम-पिरेत डाकिनी करन पिसाचिनी सिद्ध है उनको। *(एक पतीली और कटोरदान लाकर रख देती है)* लो, आधपाव सालन है, औ' चार चपातियाँ। यही है सुदामा की रूखी-सूखी—खाओ औ' ऊपर के गुन गाव।

सभी : *(समवेत)* हम खाकर आए हैं।

शरीफा : *(डपटकर)* सो तो शक्लें बता रही हैं, चलो, बैठो।

गेंदालाल : दरअसल इसी मौके पर आपको मुतास्सिर करते हैं इन भभूतों के राज से। जरा दीजिए हमें गरिमा भभूत की डिबिया—*(डिबिया लेकर चुटकी-चुटकी भभूत पतीले व कटोरदान में डालते हैं।)* अब हमारे साथ पाँच बार पढ़िए गुरुमन्त्र।

सभी : *(समवेत)* परम्परा, परम्परा, परम्परा, परम्परा, परम्पराऽ ऽ *(गेंदा और शरीफा को छोड़कर पाँचों मित्र एक साथ)* अरे! यह क्या?

गेंदालाल : जी हाँ—पतीला सालन से लबालब भर गया औ'

कटोरदान रोटियों से। ये था गरिमा भभूत का चमत्कार। जो हर चीज़ को बढ़ा देती है चौगुना-आठ गुना जितना चाहो औ' इसके ठीक उल्टे हैं यह अणिमा। *(शरीफा से)* शरीफो जानी, सब्जी की डलिया में रखे कद्दू पर चुटकी डालियो इसकी, तब तलक हम मन्तर पढ़ते हैं *(शरीफा कोने में रखी टोकरी तक जाती है—चुटकी डालती है—बाकी सब मन्त्र पढ़ते हैं—परम्परा-ऽ। शरीफा का एक नन्हा-सा दाना लिये प्रवेश।)*

शरीफा : ये रहा मुआ कद्दू। पे' हुजूर, इसकी तो रात को तरकारी बननी थी, अब क्या खाओगे? मेरा भेजा?

गेंदालाल : हः हः हः! अब कद्दू-लौकी-तोरी खाने के दिन लद गए जानेमन! अब तो हम छहों खाएँगे, मुर्ग-मुसल्लम, तन्दूरी नान औ' करेंगे अपने बाबा जी के गुणों का गान। अए सुभान बोलों रंगीले-छबीले बाबा की..

सभी : जै!

गेंदालाल : हाँ, तो भाइयो, खाना शुरू करो औ' खाते-खाते प्लान भी बनाते चलें। ठीक?

सभी : ठीक।

सुरेश : *(निवाला तोड़ते हुए)* तो दो-दो ताकतें इस दम इन डिबियों के रूप में हमारे हाथ में हैं—चीज़ों को खूब बड़ा करने की...

रमेश, नीता : और खूब छोटा करने की।

महेश : सवाल ये है कि इनका बेहतरीन इस्तेमाल कैसे होवे? क्योंकि कुल मिलाकर चार-छै चुटकी ही भभूत होगी दोनों में।

नीता : मैं बताऊँ, अपन चलें किसी तिजोरी या बैंक के तहखाने में, औ' वहाँ अणिमा भभूत छिड़क के तमाम लॉकरों को नन्हा-मुन्ना बनाके अपने थैले में भर लाएँ? फिर गरिमा भभूत छिड़क-छिड़क के उन्हें उनका आकार देते जाएँ, बेचते जाएँ?

महेश : बैंक मैनेजर तुम्हारा चचा लगता है क्या, जो तुम्हें बिना पूछताछ-बिना अकाउन्ट वहाँ ले जाएगा? और जब वह अपनी चाभी लगाने वहाँ पहुँचेगा तब? *(चुप्पी)*

रमेश : मेरी राय में किसी विदेशी कार डीलर के यहाँ जाकर कारों पर ट्राई किया जाए? एक ही कार लाखों में...

सुरेश : पर बेचेगा किसे मेरे बाप?

रमेश : क्यों? उद्योगपति है, फिल्मी सितारे...

सुरेश : इश्को-मुश्क की तरह विदेशी कार और विदेशी बीवी छुपाए नहीं छुपते। दोस्त! तिस पर पचास-साठ कारें उड़ाओगे तो बेचते हुए बच जाओगे क्या? चट से धरे जाओगे।

रमेश : या चन्द नए मकानों पर भभूत डालकर उन्हें छोटा बनाया जाए, और फिर शहर से बाहर ले जाकर ओरिजिनल आकार में लाकर ठिकाने लगाया जाए, आजकल जमीन के दाम धड़ाधड़ आसमान छू रहे हैं।

नीता : तुम चुराओगे कौन से मकान? ये डी.डी.ए. के फ्लैट? अजी राजधानी के बाहर कोई टके को नहीं पूछेगा इन्हें, फिर किरायेदारों का क्या करोगे? बने-बनाए खाली मकान इस मुल्क में हैं कहाँ? मय किरायेदारों के मकान बेचोगे?

शरीफा : *(निवाला चबाती हुई)* मेरी नानी कहती थीं कि अगर गोताखोरी करनी ही हो, तो कुएँ-बावड़ी के बजाए समन्दर में गोता लगाओ—डूबना तो दोनों जगह हो सकता है, पर समन्दर में कूदो तो स्यात् कोई मोती हाथ लग जाए!

गेंदालाल : सो तो है। मकान उड़ाना ही है, तो ऐसा उड़ाओ कि एक ही में जी तर हो जाए।

महेश : आइडिया। एक पूरा म्यूजियम—एक-एक आइटम लाखों का—कि ये मोहनजोदड़ो की मोहर, ये साँची की सुराही, ये पाटलिपुत्र का पपीता...

सुरेश : नहीं यार, एक तो अलग-अलग आइटमों को डिवेलप करने में मुश्किल होगी—छोटा तो मजे में कर लोगे, पर असली रूप में लाने को हर आइटम के लिए जितनी भभूत चाहिएगी हमें—वह कहाँ से आएगी? लैट अस वी सेलेक्टिव।

नीता : बात ठीक है। दाँव लगाएँ तो ऐसी इमारत पर जो दुनिया-भर में मशहूर हो। यानी उसे उड़ाकर बेचें तो खरीदने को कतार के कतार—अमरीकी-जापानी-जर्मन-फ्रांसीसी-अरबी-फारसी-ईरानी-तूरानी।

रमेश : आइडिया! दुनिया का आठावाँ आश्चर्य-यानी ताजमहल!

सभी : *(समवेत)* ताजमहल की चोरी?

सुरेश : भई वाह! मान गए गुरु! क्या पते की बात सोची है! क्यों महेश?

महेश : उस सामन्ती प्रेम के प्रतीक को उड़ाओगे? क्या वकत है उसकी?

नीता : क्यों नहीं? देश तो देश, अजी विदेशों से भी खरीददार दौड़ पड़ेंगे लूटने को—जब गुजरात की

टूटी कड़छी और उड़ीसा का फूटा तवा तक हजारों डालरों में बिक जाते हैं, तो अपने ताज का तो कहना क्या! मैनें अपनी आखिरी नौकरी में थोड़ी कॉपीराइटिंग की थी—*(भावुक स्वर में)* मैं कल्पना में देख सकती हूँ, उसकी सुनहरी कॉपी—'बिकाऊ है, काल के गाल पर ठहरा हुआ वह अनमोल आँसू, अमर प्रेम का अमर प्रतीक, दि ताज, ठाज महौल, दि एट्थ बंडर ऑफ द वर्ल्ड। युअर्स ओनली फॉर...''

महेश : एक शहंशाह ने दौलत का सहारा लेकर
हम ग़रीबों की मुहब्बत का उड़ाया है मजाक।
मेरी महबूब कहीं और मिला कर मुझसे।

सुरेश : कहाँ? पहाड़गंज में, या करौल बाग में?

महेश : शट अप!

गेंदालाल : ज़रा अपने खयालात को लगाम दीजिए आप लोग। ताज की चोरी किब्ला सूरज की चोरी से कम दिक्कत याफ्ता नहीं।

शरीफा : हाँ, पोशीदा नहीं रख पाएँगे आप इसे जबकि, औ' विज्ञापन देते ही क्योंकर गर्दन न नप जाएगी आप सबकी? औ' बिगैर विज्ञापन के जिंस धरी की धरी—कुछ जुगत ऐसी सोचिए कि साँप भी मर जाए, औ लाठी भी न टूटे...

सब : यानी?

शरीफा : *(जूठे बर्तन समेटती हुई)* यानी यही के पहले इस किस्म के हालात पैदा कर दिए जाएँ कि चोरी की बात मालूम होते हुए भी जाहिर न की जा सके। जभी आप लोग चोरी के बाद बगैर खतरे के चटपटी विज्ञापन दे-दिलाकर खरीददार ढूँढ़ सकोगे।

(बर्तन लेकर जाती है।)

सुरेश : क्या ब्रेन है! भाई वाह!

गेंदालाल : अजी, इसी बिरेन के बूते पे यहूदी की बेटी का रोल करै थी, मिस शरीफा तो कसम खुदा की चालीस-चालीस वंस मोरें ले जाती थी। बात एकदम पते की कहती है, हाँ। तो तै तो हुआ कि हम ताजमहल पर ही निगाहें टिकाएँ, पर अब सोचना हमें ये है कि चोरी करें तो किस तरीके की?

शरीफा : *(आते हुए)* ऐ लो, उसमें सोचना-फोचना कैसा? पहले खुदै उड़ाइए अफवाहों की धूल, औ' जब गर्द जरी बैठ जाए तो चुप्पे से गिनिए फूल कि...

सुरेश : बिकाऊ है दुनिया के सबसे बड़े प्रेमियों के दो जुड़वाँ ताबूत समेत एक अजूबा। अपनी प्रियतमा को इस बार दीजिए, प्यार का यह नायाब तोहफा ए वफ़ा...

रमेश : ब्रिलियेंट यार, ब्रिलियेंट। माताहारी से कम नहीं आप, शरीफा जी!

नीता : विज्ञापन हम कुछ इस तरह से दे सकते हैं कि आपके एकदम अपनों के लिए उनके एकदम अपने दो कालजयी प्रेम-कंकाल। एक की कीमत ...इतनी...इतनी...जोड़ी खरीदने पर दस प्रतिशत की छूट।

सुरेश : छूट-वूट कुछ नहीं, उस बिल्डिंग को, प्रेमियों को अलग-अलग टुकड़ों में बाँट करके बेच ही नहीं सकते। मान लो, एक हिस्सा इराक ने ले लिया, एक अमेरिका ने तो अन्तर्राष्ट्रीय समस्या हो जाएगी।

रमेश : शीत युद्ध के बजाए प्रीत युद्ध।

गेंदालाल : पे एक मुश्किल ये पेश होती है अब कि कैसे इस काम को इस सिफत से किया जाए कि चोरी भी हो जाए, औ' जगजाहिर भी न होने पाए।

सुरेश : शरीफा जी, हम फिर से आपकी शरण में आते हैं।

शरीफा : *(इत्मीनान से छालियाँ काटती हुई)* ऐ लो। इसमें क्या? वो भेड़िया आया वाली नस्ल तो सुनी होगी तुम सबने?

सभी : जी हाँ।

शरीफा : तो उसी पे अमल करो।

सुरेश : यानी पहले हल्ला मचा दें कि चोरी हो गई?

शरीफा : नहीं मुन्ने, गौर से सुनो, औ' जी में गुनो। इधर आओ सब, पास में। *(सब पास खिकसते हैं)* पहले सिर्फ हल्ला भर मचा दो कि ऐसी-ऐसी चोरी होने जा रही है, जैसे डकैत-लुटेरे लोग हमारे जमाने में सेठों के घर रुक्का भेज दिया करते थे।

नीता : पर इससे तो बड़ा हल्ला मच जाएगा और पहरेदारी सख्त से सख्त कर दी जाएगी। काम तो और भी...

शरीफा : *(पीक थूककर)* वही तो हल्ला होएगा तो सरकार औ' पुलिसवाले जी तोड़ सख्ती से पहरा देंगे, *(इधर-उधर देखकर)* शायद फौजी पहरा भी लग जाए। बस, इसके बाद जिस रोज चोरी करनी हो उस रोज अपन लोग कुछ बाकयात ऐसे पैदा कर दें कि लगे कि चोर आए तो थे, पे पहरे की सख्ती के सबब से काम सधा नहीं, सो आधा छोड़ के भाग गए। *(सब की प्रश्नसूचक मुद्रा)* क्या होगा, इससे पूछते हो? इससे होगा ये कि हर कोई

पुलिस से लेकर कलट्टर तक और सन्त्री से लेकर मन्त्री तक अपनी जै-जैकारी बुलवावेगा कि वाह रे हमारी मर्दानगी, धरी-की-धरी रह गईं डकैतों की उम्मीदें। देखो रे लोगो, तुम्हारा मुल्क, तुम्हारा ताजमहल हमारे हाथों कैसा रे लोगो, तुम्हारा मुल्क, तुम्हारा ताजमहल हमारे हाथों कैसा महफूज है!

रमेश : फिर?

शरीफा : फिर क्या? आठ-दसेक दिन अपनी तारीफ के समन्दरों में तैरते-तैरते थक के हकूमत पहरे में ढील दे देगी, बस तभी अपन लोग उधर जा निकलें, औ' माल पे हाथ साफ करके खड़ाखड़ी लौटे आएँ—शर्त बद लो इतनी पब्लिकसिटी औ' वाहवाही लूट चुकने के बाद बदनामी और खिल्ली उड़ने के डर से हुकूमत बात को कतई बाहर फैलने न देगी, बस तुम्हारी पौ बारह हैं यानी ताज तुम्हारे हाथ में औ' न पुलिस का डर, न फौज का। वो बोलें, तो अपनी ही धोती खोलें।

गेंदालाल : यानी पाँचों उँगलियाँ घी में, औ' सिर कड़ाही में। वाह मिस शरीफा, जो सिफत पुरानी बासमती में है वो नए दानों में कहाँ?

रमेश : औ' जो बात पारसी थियेटर की है, वे आज के गानों में कहाँ—

सभी : मुकर्रर! मुकर्रर!

गेंदालाल : तो ये तो हुई इस्कीम। अब आप चारों जो हो, सो आला तालीम याफ्ता हो, सो आप लोग अब आगे विचार करो कि किस-किस को और किस तरह इस चोरी की इत्तला दी जाए, औ' कब?

सुरेश : शुभस्य शीघ्रं मास्टर गेंदालाल जी! चलिए लिस्टें

बना लें—पहले तो तमाम बड़े अखबार और न्यूज एजेंसियाँ *(महेश से)* लिख बे। *(महेश लिखने लगता है।)*

नीता : रेडियो और दूरदर्शन...

रमेश : वे नहीं घोषणा करेंगे जब तक उन्हें ऊपर से स्वीकृति न मिल जाए। लिखो तमाम विपक्षी पार्टियाँ और उनकी तमाम प्रामाणिक, अप्रामाणिक शाखाएँ...

सुरेश : डिस्ट्रिक्ट पुलिस मुख्यालय और कमिश्नर तथा कलेक्टर। लिखा?

महेश : हाँ। कोई और?

सुरेश : मेरी समझ से तो इतने काफी हैं। उनकी प्रतिक्रिया जानने को अगले दिन के अखबार हैं ही। क्यों?

सभी : ठीक है।

शरीफा : अजी मास्टर जी, मैं तो भूल ही गई थी—वो बाबाजी ने एक आतशी शीशा न दिया था, हमारे इधर आते दम? क्या वो इन बच्चों के कुछ काम आ सकेगा?

गेंदालाल : अरे वाह! क्या खूब याद दिलाई। *(चारों से)* रंगीले छबीले बाबा ने एक चमत्कारी आतशी शीशा हमें ऐसा दिया हुआ हैगा कि जिसे गुरुमन्त्र पढ़कर काले कपड़े पर फोकस करो तो आनन-फानन दूरदराज बैठे जिनको भी देखना-सुनना चाहो टेलीविजन के पर्दे की तरह देख लो। हम दोनों पहले अक्सर उससे मुल्क-भर के नाटक देखते रहे—अब जब से अच्छी कम्पनियाँ बन्द हुईं, किसी चैनल पे नए सनीमे या लोकसभा की

कार्यवाही भर कभी-कभार देख लेते हैं। निकालियो जरा।

महेश : कैपिटल। पहले हम भेजें चोरी की वार्निंग, फिर यहाँ बैठकर जान लें दुश्मनों की प्रतिक्रियाएँ—क्या बात है। दिस इज़ सस्पेंस। दिस इज़ लक।

सुरेश : तो चलो करें शुरू—नीता, तुम हिन्दी और अंग्रेज़ी दोनों में सोचो कि क्या मैसेज होगा—रमेश, तू फोन सँभाल पब्लिक बूथ पर। हाँ, माउथपीस पर रूमाल जरूर रख लेना और महेश, तुम ताज का नक्शा कहीं से प्राप्त करो।

[सबका सोचने का नाट्य। परदा गिरता है।]

अंक दो

दृश्य एक

[स्थान वही। गेंदालाल स्टेज के बीचोबीच आतशी शीशा लिये बैठा है। उसके बगल बाकी लोग बैठे हैं; सामने एक छोटा काला कपड़ा बिछा है। दाएँ विंग्स से अखबारों का बड़ा पुलिन्दा उठाए नीता का प्रवेश।]

नीता : *(धड़ाम से अखबारों का पुलिन्दा नीचे डालकर ईवनिंग न्यूज बेचने बालों की तरह एक अखबार लहराती हुई)* लीजिए, पढ़िए देश-भर को हैरत औ' दहशत से भर देने वाली सनसनीखेज धमकी।

शरीफा : आहिस्ता-आहिस्ता बेटी! सैकड़ों-दुश्मन लगे हैंगे इधर-उधर। किवाड़ फेर दिया, ठीक से?

नीता : जी हाँ।

शरीफा : जरी पढ़ियो मास्टर, क्या कहते हैंगे ये अखबार वाले?

गेंदालाल : बहराम, चल दस्त-बदस्त जंग में दोबारा सोहराब की रहनुमाई कर। सोहराब की फतह, तेरे इन्तकाम की फतह-मुहब्बत पीछे हट। फर्ज आगे बढ़।

शरीफा : गुस्तहम! तुम्हारा हर लफ्ज खतरे का ऐलान कर रहा है, पर अखबार से पढ़ के पूरा कहो कि क्या-क्या हुआ?

गेंदालाल : अए दिले नेकबख्त दुई को छोड़ होजा, औ' याद कर ऊपर वाले को जिसने कि ये शै बनाई—रब की शान न्यारी—मैं वारी बलिहारी। *(चुपचाप नीता से)* पढ़ियो बेटी, अपनी ज़रा अंग्रेज़ी की स्पेलिंग कमजोर हैगी। मिस डेज़ी न्यू अल्फरेड वाली हमेशा छेड़ा किए थी कि तुम सीख चुके अंग्रेज़ी।

शरीफा : *(कुढ़कर)* इनको तो वो फिरंगन याद आवे है जो अभी भी मोर से कूका किए है। उफ्फोह! फिर उसी नसीबों जली का जिक्र-नीता, पढ़ियो बेटी, किसने किया हंगामा? गैरत ने? किस्मत ने? हिम्मत ने?

नीता : ये देखिए, शरीफा बी, यह अंग्रेज़ी का मशहूर अखबार दो इंची लफ्जों की हैडिंग दे के चीखता है—'अब प्यार के अनमोल प्रतीक ताज पर भी आतंक का शिकंजा'! गुमनाम गुट की धमकी—*(पढ़ती है)* क्या दुनिया से प्रेम और सुन्दरता मिट जाएगी? क्या भारत अपने माथे का जगमगाता रतन, अपना ताजमहल—अपनी सबसे अनमोल कला-धरोहर खो बैठेगा? क्या हम देखते रहेंगे और देश की संस्कृति लुट जाएगी? भारतवासियों, जागो! वेक अप इंडियंस!

सुरेश : *(दूसरे अखबार से पढ़ता है)* 'ताज की सुरक्षा के सवाल पर विपक्ष द्वारा वाक-आउट'! सदन के इस सत्र की आज यह सबसे गहमागहमी भरी बैठक रही—माकपा के श्री लेनिन चटर्जी ने अपनी जोशीली तहरीर में दावा किया कि इस नापाक साज़िश के पीछे अमरीकी पूँजीवादी साम्राज्यवादी एजेंसियों का हाथ है—इस पर भा.क.पा. के श्री

ज.पा.स.पा. जो तीन दिन पूर्व अपनी नई पार्टी बना चुके हैं, ने आक्रोश प्रकट करते हुए माननीय सदस्य से कुछ ऐसे शब्द कहे जिन्हें बाद को संसद की कार्यवाही से निकाल दिया गया। ज.पा., स.पा., ट.पा., क.पा. ने कहा कि यह साफ के.जी.बी. की साजिश है, और इसकी जड़ें सीधे मास्को तक पहुँची हैं—

महेश : *(तीसरा अखबार उठाकर)* इसने तो पूरा एडीटोरियल पहले पन्ने पर दिया है—एक विख्यात कला-समीक्षक का। *(पढ़ता है)* 'बीसवीं शताब्दी के इस आखिरी दौर तक पहुँचते-पहुँचते साहित्य और कला की दुनिया को भी आतंकवाद ने अछूता नहीं छोड़ा। यह अनायास नहीं है, कि तोड़-फोड़ की नवीनतम धमकी ताजमहल जैसी कलाकृति को लेकर दी गई है। कलादृष्टि की बहुलता पर, और कलाओं के तनाव, द्वन्द्व और सहअस्तित्व-भरे इस अनौपचारिक जनतन्त्र पर इधर लगातार आक्रमण हो रहा है, और आज इस धमकी को देखते हुए लगता है कि हम कला के साथ सहअस्तित्व की बजाए उसके सर्वथा अस्वीकार की ओर बढ़ रहे हैं। ताज को उड़ा लेने की यह धमकी साहित्य और कलाओं की बुनियादी सत्ता को कलाविरोधी चिन्तन की चुनौती है। हम देश के डेढ़ सौ बुद्धिजीवी हस्ताक्षरित अभियान द्वारा देश की सरकार से माँग करते हैं कि हमारी पीड़ा की अनिवार्यता और पवित्र आशय...वगैरा-वगैरा।

उमेश : *(दूसरा अखबार उठाकर)* वाह! यह देखिए, देश के प्रखर चिन्तक-आलोचक और पत्रकार बरुण

होरी की व्याख्या—*(पढ़ने को है, तभी)*

सुरेश : यार, ये तो बड़ी कठिन अंग्रेज़ी में घुमा-फिरा कर लिखता है...

शरीफा : सो तो हमारे औ' मास्टर के पल्ले न पड़ेगी—तुम सीदे- सादे लफ्जों में आसान उल्था करते जाव।

उमेश : अच्छी बात है—*(पढ़ता है)* 'राज का ताज और ताज का राज'—जरूरत यह नहीं है कि ताज को आज तस्करों के किस गिरोह से खतरा है—इसका पता लगाया जाए। जरूरत इस बात की है कि पहले यह पता किया जाए कि इस गिरोह के पीछे सत्तारूढ़ दल के कौन-कौन से लोग हैं? हमारे यहाँ के पत्रकार चूँकि होमवर्क करते नहीं, तरह-तरह की अटकलबाजियाँ लगाई जा रही हैं। मैं, यद्यपि इस वक्त राजधानी में नहीं हूँ बल्कि स्विट्ज़रलैंड में छुट्टी मना रहा हूँ—इस वक्त भी अपने भारतीय दोस्तों से ज्यादा जानकारी रखता हूँ। मैं कुछ तसवीरें भेज रहा हूँ, जो मेरे एक बड़े अजीज दोस्त ने तीन महीना पहले ताज के दरवाजे के पीछे छुपकर खास तौर से मेरे लिए खींची थीं—इन तसवीरों में नम्बर 3 में टूरिस्टों की भीड़ में बाएँ से तीसरा शख्स जो धारीदार कमीज़ पहने है, क्या आपने पहले कहीं देखा है? शायद हाँ-क्योंकि यह है, मशहूर तस्कर हीरा पहलवान के साढ़ू भाई पोपट लाल काका, जिन्हें मैंने कल स्विट्ज़रलैंड के बैंक डु नेशनल के आगे संदिग्ध हालत में खड़े देखा—जाहिर है, वे सत्तारूढ़ पार्टी के इशारे पर स्विट्ज़रलैंड से लेकर भारत तक षड्यन्त्रों का भयावह जाल

बिछा रहे हैं। पर जैसाकि मैं बार-बार कह चुका हूँ, मैं कोई मसीहा नहीं कि आपकी साधारण जनता की अगुआई या रहनुमाई करूँ। इस सड़ियल व्यवस्था के लिए आप ही लोग पूरी तरह जिम्मेदार हैं—यू ब्लडी फूल्स, वेक अप।

शरीफा : वाह री जुबान-ए-बर्तानिया। यानी चोर भी तू और मोर भी तू ही। हाज़रीन इक नोहा अर्ज है—*(गाकर)*

होरी ने जो कुछ भी लिखा मुल्क में मकबूल हुआ,
फ़िकरा जो भी होरी ने तराशा वही माकूल हुआ।
अंग्रेज़ तेरी बोली पे सदके हैं शरीफा—
होरी ने अखबार पे थूका भी तो बिलड़ी फूल हुआ।

गेंदालाल : मुकर्रर शरीफो! वाह, क्या बात है! अजी, यही तो अदाएँ हमारा—

रमेश : *(एक और अखबार उठाकर)* और सुनिए—ये जनाब एक अलग बॉक्स देते हैं कि कला और संस्कृति विभाग ने इस पर क्या प्रतिक्रिया दी है।

सभी : पढ़ो। पढ़ो।

रमेश : *(गला खँखारकर)* केन्द्रीय कला तथा संस्कृति विभाग के प्रवक्ता ने आज एक पत्रकार सभा में आश्वासन दिया है कि भारत की स्थापत्य कला तथा प्रेम के पवित्रतम प्रतीक ताज तक पहुँचने की दुश्मनों की हर तरकीब नाकाम कर दी जाएगी। उन्होंने सदन को यह जानकारी भी दी कि सरकार के हाथ कुछ ऐसे गुप्त सूत्र लगे हैं, जिनसे साबित होता है कि कार्रवाही का संचालन बहुत बड़े पैमाने पर एक बहुत धनसम्पन्न विदेशी गुट द्वारा

किया जा रहा है, जिसके प्लानों की पूरी जानकारी सरकार को है और उसके विरुद्ध कुछ ठोस कदम उठाए जा चुके हैं। सात कमेटियों की स्थापना कर दी गई है, और सात उप-कमेटियों की भी, और सत्रह वरिष्ठ कर्मचारी कला-तस्करों के बारे में विशेष ट्रेनिंग लेने लन्दन चले गए हैं। सचिवालय के एक वरिष्ठ कर्मचारी ने—जिन्होंने अपना नाम गोपनीय रखने का आग्रह किया है, इस संवाददाता को यह भी बताया है कि सरकार ने 'जाँबाज कलाबाज' नाम से एक कमांडो दस्ते का गठन किया है जिसे ताज के और विशेष रूप से उसकी अनमोल कब्रों की सुरक्षा का दायित्व सौंपा गया है।

[चुप्पी]

गेंदालाल : *(साँस लेकर)* नहीं मालूम राज़े मर्ग दुनिया के तबीबों को! क्यों शरीफा, क्या सोचती हो?

शरीफा : *(कुढ़कर)* मुझसे क्यों पूछते हो—पूछो अपनी मिस मैरीफेंटन और लूसी जेकब से जिनके पीछे कटी पतंग से डोले थे—*(व्यंग्य से)* अंग्रेज़ी सीखने को। *(जाने का उमक्रम करती है)*

गेंदालाल : ठहर, ऐ हसीन मुसाफिर, ठहर! तू कारगाहे तमन्ना को खराब ये यास, निशात को मातमसरा बनाकर कहाँ जा रही है! वापस आ जा ऐ नामालूम जिन्दगी की रहरो, वापस आ, तेरे जाने के बाद दुनिया में सिर्फ फ़रियाद औ' आँसुओं की आबादी रह जाएगी...

[सब शरीफा की चिरौरी करते हैं रुक जाती है।]

गेंदालाल : चलिए गुस्सा थूक दीजिए, औ' जरा आखीर में हम देख लें कि अपना टी.वी. क्या कहता है? *(आतशी शीशा फोकस करता है)*

[टी.वी. अनाउंसर का हाथ में माइक लिये प्रवेश।]

टी.वी. अनाउंसर : नमस्कार। आज के मुख्य समाचारों में है *(इधर-उधर देखती है—जैसे कैमरामैन को इशारा दे रही हो—अचानक पाती है वह टी.वी. पर है। मुस्कुरा कर)* सदन को संस्कृति तथा कलामन्त्री द्वारा ताजमहल की पूर्ण सुरक्षा का आश्वासन, देश का सात हज़ार नौ सौ सत्तरवाँ ट्रांसमीटर झुमरीतलैया में स्थापित, चीन में बाढ़ का आतंक और अर्जेंटीना द्वारा अफ्रीकी देशों की ग़रीबी और बढ़ती आबादी पर चिन्ता व्यक्त।

सरकार ने सदन को पूरा आश्वसन दिया है कि ताजमहल की चोरी की तथाकथित धमकी के मामले की गहराई से छानबीन की जा रही है। ताजमहल की सुरक्षा का पूरा प्रबन्ध किया गया है। वक्तव्य और स्थिति की गम्भीरता को देखते हुए हुए दर्शकों तथा पर्यटकों के वहाँ जाने पर पूरी तरह रोक लगा दी गई है। विपक्षी दल के सदस्यों के यह आपत्ति उठाने पर ताजमहल के चारों ओर तिरपाल की ऊँची बाड़ लगाना गैर-कानूनी है—विभागीय मन्त्री महोदय ने कहा कि स्थिति की गम्भीरता और ताजमहल की पूर्ण सुरक्षा के लिहाज से ही ऐसा किया गया है। सरकारी सूत्रों के अनुसार तिरपाल बनाने वाली कम्पनियों के

भेजे टेंडरों को लेकर उठाए गए सवालों में कोई सच्चाई नहीं है। सरकारी सूत्रों ने इस खबर को भी निराधार तथा शरारतपूर्ण बताया कि विदेशी मुद्रा अर्जित करने के लिए भारत सरकार विश्व बैंक के दबाव से ताजमहल को विकसित देशों के गुट के हाथों गिरवी रखने को बाध्य हुई है। सरकार ने सदस्यों को आश्वासन दिया है कि शीघ्र ही विरोधी पार्टियों के मनोनीत सदस्यों का एक विशेष पर्यवेक्षक दल ताजमहल दर्शन को ले जाया जाएगा ताकि इन अफवाहों का खंडन किया जा सके। आज देश का नौ हजार नौ सौ सत्तरवाँ...

[मास्टर गेंदालाल आतशी शीशा लपेटकर रख देता है। अनाउंसर का प्रस्थान।]

शरीफा : हूँ, तो कल-परसों में ताज देखने पाल्टी जा रही है।

गेंदालाल : तो शरीफा जानी, ये है कुल सुरत आपके आगे।

नीता : अब आप कीजे कुछ उपाए।

शरीफा : साहबान, दिल ठहराइए, बैठ जाइए, औ' इत्मीनान औ' सहूलियत के साथ वाकयात् को याद फर्माइए—

सोचना रस्ते से तारीकी हटाता जाएगा।
रफ्ता-रफ्ता रौशनी में आता सब-कुछ जाएगा॥

सुरेश : अफ़सोस के सिवा कुछ नहीं। आज बृहस्पतिवार है—ताज पर जुटे संगदिल सात सौ पहरेदार हैं, हम यहाँ इस तरह बैठे हैं, और उड़ाने को बस दूसरा शनिवार है। कैसे होगा? क्या होगा?

महेश, रमेश : *(बारी-बारी से)* अक्ल काम नहीं करती। तुक भी

नहीं मिलती, काफिए तंग हैं, फँसे बेढंग हैं

नीता : कहिए-कहिए हमारी अच्छी शरीफा बीं। कोई ऐसी शै सुझाइए कि बिगड़ती सँवर जाए।

शरीफा : *(मुस्कुराती हुई)* प्यारे बच्चो, हमने तो दुनिया से रंजो-खुशी से अपना पूरा हिस्सा ले लिया है, इसलिए इस काम को सुलझाने के खतरे का बोझ हम लेते हैं अपने ऊपर। ए मियाँ माश्टर—

गेंदालाल : हाजिर हूँ, मेरी जान!

शरीफा : भीतर पिटारी से अपना ऐयारी का झोला निकालिए औ' जरा नेता का भेस बना लाइएँ। आगरे जाना होगा हमें।

[गेंदालाल का तुरन्त प्रस्थान।]

सभी : क्या ?

शरीफा : जी हाँ, विरोधी पाल्टी वालों के संग कल माश्टर जी भी ताज देखने जाएँगे, और जेब में होगी उनके—ये शरीफा, औ' आप चारों।

नीता : मैं समझी नहीं?

गेंदालाल : *(नेपथ्य से)* बेगम, ये खंजर और नीमचा भी रख ले साथ में?

शरीफा : अए खुदा गारत करे! अजी हवाई जहाज में तलाशी न होगी क्या? हमें दीजिएगा तो हमारे साथ छुपे रहेंगे।

सुरेश : पर मेरी समझ में तो कुछ नहीं आता...

शरीफा : अए बेटा, गलती तुम्हारी नहीं, इस बेदर्द जमाने की है। इस्कूलों में बजाए मादरी जुबान में उर्दू-हिन्दी सिखाने के, तुम्हारे पे तमाम अगड़म-बगड़म लम्बी-चौड़ी विलायती डिगरियों वाले माश्टर लोग,

तुम्हें लगातार विलायती तालीम का रट्टू तोता बनाते चले गए। अंग्रेज़ी डिरामा की तालीम दी पे देसी तरीके के न तिलिस्मी दाँवपेंच सिखाए, न खंजरबाजी, अजी ट्रैजिक में दामन चाक-चाक करने, और कामिक में नाड़ा नचाकर लोट-पोट होने का गुर तो बताया नहीं। मूँ पे मुखौटे लगा कि अलबत्ता जनानियों के से लटके-गटके सिखा दिए। इन्हीं ऐयारी और तिलिस्मी हुनरों के सबब से, खुदा झूठ न बुलवाए, हमारी कम्पनी के डिरामे देखने को भिश्ती लोग मशकें तक बेच देते रहे। एक तमंचा छुटा, औ' गोले से किशुन भगवान् प्रगट हो जाते बंसरी लिये, ड्राप सीन देखो तो उँगली दाँतों तले दबा लो औ' आप लोग? थेटर के नाम पे मुई बेबा की माँग से सूने इस्टेज, औ' उसपे खड़े विलायती नाटकों के हिन्दी तर्जुमे आप बोला करते हो। तभी तो हॉलों में उल्लू बोला किए हैं—उल्लू!

[गेंदालाल का प्रवेश नेता की भूषा में, हाथ में थैला]

गेंदालाल : हजार-हजार शुक्र है परवरदिगार का, मतलब हासिल हुआ मुझ खाकसार का। अभी पुराने दाँव-पेंच आजमाता हूँ, यानी तुम सबको जादुई भभूत से च्यूँटी-सा बनाके हवाई अड्डे पहुँचाता हूँ। वे बना लेंगे हमको सरकारी मेहमान, तो बहुत जल्दी हो जाएगा इम्तिहान। *(शरीफा से)* हम सोचते हैं, मौके को देखते हुए नेता और ज्योतिषी का डबल स्वाँग भरें तो कैसा होगा? पाल्टी चाहे जो हो, ज्योतिषी के आगे सारे नेता नरम पपीता

बन जाते हैं, क्यों?

शरीफा : अय मैं निसार! क्या मेरे मुँह की बात पकड़ी है माश्टर! *(उन चारों से)* देखी, माश्टर की अक्ल की बारीकी! समझदार को बस इशारा काफी है। अब बस उन चंडूलों को पटा के इन्होंने हमें ताज के भीतर पहुँचाया समझो। न हवाई सफर का खर्चा—न पुलिस का चर्चा।

गेंदालाल : *(थैला देते हुए)* ये लीजिए, इनमें हैं खंजर, नीमचा, आतशी शीशा और भभूत की दोनों डिबियाँ।

शरीफा : *(थैला लेते हुए)* बस, अब आप हम पाँचों पे छिड़किए भभूत औ' धीमे से रूमाल से उठा के जेब में डाल लीजिए, औ' ताजमहल के भीतर किसी कोने में हमें खड़ा करके बस पुराने सैज (साइज़) में तब्दील कर दीजै, बाकी हम सँभाल लेंगे। *(चारों से)* बेटा, तुम लोग भीतर जाके दुछत्ती पर से गेंती-फावड़ा, बाल्टी औ', रस्सी उतार लो, हम दोनों भी अभी वहीं आते हैं, बगैर तामझाम के, भभूत डलवाने।

[चारों का प्रस्थान]

शरीफा : *(गेंदा से)* बस मास्टर, हमारे दिल में धुकधुकी है, तो हवाई अड्डे के कोतवाल को लेके, वह पास दे दे, तो फतह अपनी।

गेंदालाल : खुदा की शान, मेरी जान! कोतवाल की क्या है आन, जो बिगाड़े हमारी शान? मैं क्या लगता हूँ चोर, जो वो काट देगा शोर? अरे नेताओं की दुम पकड़ के तो कैसे-कैसे तर गए पुलिस की वैतरणी। तुम फिकर न करो।

शरीफा : अच्छा-अच्छा मियाँ शेखी वाले, अब तो हम पड़े हैं आपके पाले। कीजे बस ऐसी चतुराई, कि मान जाए सारी खुदाई।

गेंदालाल : आमीन!

[दोनों का प्रस्थान। परदा गिरता है।]

दृश्य दो

[स्थान गेंदा मास्टर की बरसाती। छहों बैठे हैं—बीचोबीच एक बैग रखा है। सब ठट्ठा मारकर हँस रहे हैं।]

गेंदालाल : तो खैर, हम सब तिरपालों से घिरी बाड़ के भीतर औ' माकपा के नेताजी जपाहपा के प्रतिनिधि से बोले कि सत्य है बन्धु, ताजमहल तो यहीं का यहीं है। लगता है, यह भी सत्तारूढ़ दल की चाल थी कोई, अब चलो बाहर चलकर गर्म चाय पी जाए। बस, हम क्यूँ पीछे रहते। अपना ज्योतिषी का भेष रंग पकड़ चुका ही था, सो बोल पड़े के ताज की कुंडली में मार्कण्डेय योग हैगा—सूर्य बुध से और शनीचर मंगल से सपोर्ट पा रहा है, अभी राहू का जो खतरा है, सो आते-आते टल रहा है।

शरीफा : अय-हय, वहाँ दम घुटा जा रहा था हमारा, तुम्हारी बीड़ियों के बंडल के बगल में पड़े-पड़े—औ' तुम थे कि उन्हीं से गिटपिट किए जा रहे थे—ये नहीं कि तनिक ओट में जाकर हम पाँचों पे भभूत डाल दो। बस, ज्योतिष पे ज्योतिष!

नीता : हमें तो पता नहीं था कि आप ज्योतिष भी जानते हैं।

शरीफा : ऐ हैं, जानते हैं, मेरा सर। ये पैदायशी एक्टर ठहरे—जानते हैं कि ये सारे नेता ज्योतिषियों के

दीवाने हैं। सो जहाँ देखा कि इन पे शुबहा है, वहाँ चालू हो गए राहू-शनीचर-मंगल ले के।

गेंदालाल : बस उसी से तो चंडूल को मैं हत्थे चढ़ा ही रहा था, कि तुम लोगों ने जेब के भीतर से बेशुमार च्यूँटियाँ मारनी शुरू कर दीं। मैं बोला बमुश्किल, बाथरूम-बाथरूम औ' भागा। *(ठहाका)* खैर, वो सब तो टल गया, ये बताओ कि हमारी पाल्टी विदा होने के बाद आप लोगों पे क्या-क्या बीती?

सुरेश : क्या-क्या नहीं बीती, ये पूछिए...

नीता : छह घंटे तो छिपकलियों की तरह दीवारों से चिपकते और गारद से बचते हुए बीते।

रमेश : फिर अँधेरा घिर गया तो हम काम में लग गए, पहले जैसा कि शरीफा बी ने कहा, रस्सी का एक फन्दा बनाकर लटकाया—

शरीफा : *(छाली काटती हुई)* अजी कमन्द कहो, कमन्द। हाँ तो एक तो कमन्द लटकाया हमने, के लगे, हाँ लुटेरे इस पे से आए-फिर एक कोने में गड्ढा-सा बनवा दिया, फव्वारों के पास, ताकि लगे के नींव खोदने की कोशिश भी हुई है—फिर बड़े-बड़े निशान बनाए इधर-उधर औ' बस, फिर फावड़ा-गेंती वहीं छोड़ के आके चुप्पे से होटल में सो रहे।

गेंदालाल : शक नहीं हुआ किसी को?

शरीफा : अजी कहाँ से होता—भभूत जो डाल ली थी फिर से इन चारों पे—ये नन्हे मुन्ने बना के चारों खीसे में रखे, औ' निकल आई।

गेंदालाल : गारद ने टोका नहीं?

शरीफा : वाह, पुरानी ऐयारी के कमाल क्या बिसरा दिए? मैंने भेस बनाया गारद का, औ' चुप्पे से निकल

आई। वैसे अधनींद तो सभी थे। मुए उस वक्त भोर का तारा भी न डूबा था तब तलक।

गेंदालाल : हाँ, सुभे सात बजे की खबरों में ही हमने सुनी थी कि आपकी कारस्तानी...

महेश : जी हाँ, अगली सुबह अखबारों में, टी.वी. पर हर जगह चर्चे-ही-चर्चे कि तस्कर आए तो सही, पर चाक-चौबन्द मामला देखकर भाग गए। क्या बताएँ, कैसी मसखरी हुई सुन के।

गेंदालाल : पाँच हजार रुपे बख्शीश इधर खरी हुई। कुछ ऊटपटाँग जन्तर-मन्तर पढ़ के हमने सरकारी लोगों से कह दिया कि जाओ, अब ताज की ईंट भी नहीं चुरा सकता कोई। रेडियो पे खबर कर आना था कि होटल में एम.पी., ऐमेले, मिनिश्टरों के ठट्ठ-के-ठट्ठ ज्योतिषी की चरनों की धूल लेने उमड़ पड़े *(शरीफा को थैली देता है)* लो सँभाल लो, पूरे बीस हजार का चढ़ावा हैगा। बेचारे अब पछताते बैठे होंगे। उस वक्त तो...

सुरेश : जी हाँ, पुलिस अधिकारियों की धड़ाधड़ तरक्कियों की घोषणा हो गई—गारद को महीने भर की तनख्वाह का बोनस मिला—इंटरव्यू दे-दे के संस्कृति विभाग के सन्त्री से लेकर मन्त्री तक सबका गला बैठ गया।

[चुप्पी]

शरीफा : बस दो सब अपनी-अपनी पीठें ठोंकते हुए घूम रहे थे, गाफिल हो चुके थे, तो जभी हमने फिर हाथ मारा। इस बार भेस बनाया मैंने मेम का, औ' कैमरे के खोल के भीतर बिठा लिये, ये चारों।

अमावस की रात को सब बेखबर थे, दूसरे दिन था महीने का दूसरा शनीवार, तीसरे दिन इतवार। बस। बात-की-बात में भभूत डाल के ताज को ऐसा *(बैग से ताज का छोटा मॉडल निकालती है)* बनाया, औ' लपेट-लुपूट के यह जा, वह जा। हम तो हाल-की-हाल में बस पकड़ के वापस आपके पास आन पहुँचे—औ' वहाँ इस वक्त सुन-गुन हो रही होगी। जाने क्या करते होंगे ये जान के कि पंछी पिंजरा तोड़ के जा उड़ा।

नीता : बाबा रे, तब तो असल खतरा अब शुरू हुआ, पूछताछ, पकड़-धकड़।

गेंदालाल : अजी साहब, अब क्या खाके हल्ला मचाएँगे? नाक न कट जाएगी सबकी? अभी उनकी जश्नों-दावतों के चूल्हे तक ठंडे न पड़े होंगे। यकीन न आए तो आतशी शीशे से देख लो। *(फोकस करता है—सब पास सिमट आते हैं। बत्ती कम होती है, फिर जब तेज़ होती है, तो दाईं ओर एक लकड़ी की मेज़ है जहाँ कुर्सी पर जिला अधिकारी बैठा है—उसके सामने एक चपरासी खड़ा है। मेज़ पर रखे प्लेकार्ड पर बड़े शब्दों में लिखा है—उच्च ज़िला अधिकारी।)*

कर्मचारी : गुड मार्निंग सरकार!

अधिकारी : तुम्हें ठीक से अंग्रेज़ी में उच्चाधिकारियों को सम्बोधित करना नहीं आता?

कर्मचारी : नहीं सरकार। हाल की सरकार बदलने तक तो जेई चलता रहा।

[अधिकारी उठकर बेंत बजाता हुआ मेज़ के तले इशारा करता है]

अधिकारी : वहाँ देखा? क्या है? बोलो? *(कर्मचारी झुककर देखता है)* देखा, कितनी धूल पड़ी है?

कर्मचारी : देखी तो नहीं, पर आप कहते हैं तो होगी सरकार। जरूर होगी—हैः है! आपके चरणों की धूल से तो बड़े-बड़े तर जाएँ। मुख्यालय की क्या बात है? और कहाँ-कहाँ है सरकार, जरा हम भी देख लें।

अधिकारी : मैंने कहा नहीं कि है?

कर्मचारी : हाँ, सरकार, है। जरूर है। जहाँ चरण, वहाँ धूल।

अधिकारी : तो दोबारा क्यों पूछते हो?

कर्मचारी : दोबारा क्या, सरकार?

अधिकारी : पूछा कि नहीं तुमने?

कर्मचारी : क्या पूछा सरकार?

अधिकारी : हमारी मुर्गी बनाता है हरामखोर! अब इससे दोबारा वही कहलवाना चाहते हो? हैं? तुम सोचते हो कि मैं तुम्हें बर्खास्त नहीं कर सकता?

कर्मचारी : बुरा न मानें सरकार, आप डिपार्टमेंट के सिकेट्री को बरखास्त करा सकते हैं, पर चपरासी यानी चतुर्थ श्रेणी को नहीं।

अधिकारी : तुम्हें मुझे यह बताने की जरूरत नहीं।

कर्मचारी : अरे नहीं सरकार! मुझे मालूम है कि आपको सब मालूम है सरकार!

अधिकारी : निरे मिट्टी के लोदे हो तुम भी। जाने कहाँ से छाँटकर ऐसे-ऐसे घनचक्कर मेरे अंडर भेज दिए जाते हैं, जाने कौन छाँटता है इन्हें?

कर्मचारी : किन्हें सरकार?

अधिकारी : खबरदार, हमसे जवाब तलबी न करो।

कर्मचारी : मैंने सोचा था—

अधिकारी : *(बात काटकर)* तुम सरकारी मुलाजिम होके भी नहीं जानते क्या कि तुम्हें सोचने की तनख्वाह नहीं मिलती? *(सोचकर)* वैसे तुम चतुर्थ श्रेणी वाले डरते-वरते तो हो नहीं हम सबसे। हम अफसर ही आते-जाते रहते हैं पर तुम सब तो अपनी-अपनी जगह पे ध्रुव तारे की तरह अटल हो। क्यों? दो-चार ट्रक तो जोड़ ही ली होंगी अब तक? चार छह दुकानें, पाँच-सात मकान?

कर्मचारी : हुजूर की दया है, खाने-पीने भर को हो जाता है। कभी घर का घी लाऊँगा। हमारे इलाके का घी बड़ा मशहूर है।

अधिकारी : ठीक है, ठीक है। तुमने सुना था कि क्या स्थिति है, उधर पड़ोसी इलाके में?

कर्मचारी : भारी गश्त जारी है हुजूर, परिन्दा भी पर नहीं मार सकता ताजमहल के हाते में। टूरिस्ट-फूरिस्ट सब बन्द हैं।

अधिकारी : हूँ ऽऽ। जमाना खराब है—चौकसी हम लोगों को ही रखनी होगी, दिन-रात। एक तो ऐसी-वैसी धमकियाँ, ऊपर से जान खाने को ये अखबार वाले छोकरे हैं—*(नकल करता है)* अपराधों की संख्या कितनी बढ़ी? आज कितनी चोरियाँ हुईं? कितने कत्ल हुए? कितनी बहुएँ जल मरीं?

कर्मचारी : मेरा खयाल है हुजूर, ये चोरी की धमकी—उनकी गीदड़ भभकियाँ-भर हैं, होने-हवाने का कुछ नहीं-ऐसे ऐलान करके भला इतनी बड़ी चोरियाँ होवे हैं? अजी, चोर-डाकू क्या कानूनी सम्मन भिजवा के आवे हैं?

अधिकारी : भाई, चोर भी आजकल शातिर हो गए हैं, फारेन

अपराध फिल्मों के वीडियो देख-देख के। टेकनीक भी विदेशी लगते हैं अब। कब से मैं कह रहा हूँ कि हर जिला मुख्यालय में वीडियो की सुविधा दी जाए, इनकी चालों की काट को हम भी तो सीखें कुछ-साला सक्सेना हर बार लँगड़ी मार देता है। मुकद्दर का सिकन्दर है बच्चू! बड़ा जिला पा गया। गश्त का इंचार्ज बनवा दिया था। सोचा था। चोरी हो गई तो दुनिया-जहान दोनों से जाएगा पर वहाँ चौरे भाग खड़े हुए। अब हर जगह डंका बज रहा है। *(कर्मचारी से)* चलो, एक नज़र हम भी मार आते हैं। अरे, इन्तजाम में हमारा भी तो हाथ था न! जीप बुलाओ। *[तभी फोन बजता है।]*

कर्मचारी : हलो! हैं? क्या कहा? हजूर मन्त्री महोदय का— *(अधिकारी फोन छीनकर)*

अधिकारी : हऽ ऽ हलो ह हजूर! प्रणाम। क्या? अच्छाऽ ऽ ऽ! कब? कैसे? अभी-अभी तो विपक्षी दल ने सर्टीफाई किया कि वहीं है?—अच्छा। *(फोन रखकर अट्टहास)* हा हा हा! यही होना था सक्सेना का अंजाम।

कर्मचारी : औ' आपका बददुआओं-भरा इन्तकाम।

अधिकारी : ग़जब।

कर्मचारी : सितम।

अधिकारी : अबे सुना तूने, ताजमहल की चोरी हो गई। उच्चालय से फोन था। पूछ कि कैसे हुई?

कर्मचारी : हुजूर, यह मैं क्या जानूँ—ये तो चोरों से पूछिएगा।

अधिकारी : सक्सेना! अब तू मज़ा उठाएगा। *(व्यंग्य से)* इंटरव्यू देंगे। मैडल लेंगे। लगा स्साले टीन का

मैडल। ओलंपिक खिलाड़ी कहीं का! भोंगा लगाकर सुनाऊँगा सबको तेरी दास्तान। *(फोन फिर बजता है।)*

अधिकारी : हलो! हलो! जी? ज्जी हाँ। जी जी, जी नहीं, एकदम नहीं। नहीं श्रीमान्, कतई नहीं। इन होंठों पर लगी है मोहरे खामोशी। जी नहीं कतई— *(फोन कट जाता है।)*

अधिकारी : *(मरियल स्वर में)* मन्त्री जी के यहाँ से फोन था। यह खबर कतई आउट नहीं करनी है—वर्ना *(गर्दन पर उँगली से काटने का निशान बनाता है।)* सारे इनाम, बख्शीशें वैसे ही बटेंगी।

कर्मचारी : क्या हुजूर?

अधिकारी : उच्चालय के निर्देश। चुनाव सर पे हैं। ताज की चोरी हो गई कहने से जो तारीफ मिली है—एकदम कट जावेगी।

कर्मचारी : सो तो है।

अधिकारी : अबे सक्सेने! तू फिर मेरे हाथ से निकल गया।

कर्मचारी : बेशक हुजूर!

अधिकारी : कमीने! तू निकल जा यहाँ से। मुझे मेरे हाल पे छोड़ दे।

कर्मचारी : हुजूर, अफसर को चतुर्थ श्रेणी कर्मचारी को डंडे की तरह सदा साथ रखना चाहिए, न जाने कब काम...

अधिकारी : साला! डंडे का बच्चा! निकल बाहर, वर्ना चबा जाऊँगा तुझे कच्चा।

कर्मचारी : नहीं हुजूर, ऐसा न करना...

अधिकारी : अबे तू जाता है कि नहीं? खड़ा-खड़ा मुँह क्या ताकता है?

कर्मचारी : हुजूर को दिलासा देने के लिए।

अधिकारी : मुझे तेरे दिलासे की जरूरत नहीं।

कर्मचारी : हुजूर, आपको दिलासे की सख्त जरूरत है।

अधिकारी : तू परे हो जा, वर्ना मेरा हाथ होगा, औ' तेरी गर्दन।

कर्मचारी : जो आज्ञा।

अधिकारी : सक्सेने! मैं तेरा खून कर दूँगा।

कर्मचारी : मगर खबर बाहर न जाने पाए। *(धृष्टता से हँसता है।)*

अधिकारी : नामाकूल! बदमाश! फितने!

[पीछा करता है—कर्मचारी का पलायन। उजाला।]

शरीफा : ये लो—

साहिबे ताज गए, मुफ्लिसो मुहताज गए,
ये भी जाते हैं अगर, कल न गए आज गए॥

गेंदालाल : तो चलिए, ये डर तो दूर हुआ कि यह चोरी उजाले में आएगी औ' पकड़-धकड़ होगी अब आगे माल के बेचने का कीजै परबन्ध, तो मिटे दन्द। आगे का क्या कुछ सोचा है?

सुरेश : ऐसा है उस्ताद कि कुछ भी बेचना हो आज तो बेहतरीन दाम तो बाहरी मुल्कों से ही मिल सकते हैं। अपने यहाँ तो आप जानते हैं—हुज्जत-तकरार, इसका हिस्सा-उसका हिस्सा, टैक्स-फैक्स...

रमेश : इसी से हम दे रहे हैं अमरीका, जापान, ईराक औ' ईरान, यूरोप औ' अफ्रीका, खड़ी के मुल्क औ' लातिन अमरीका में जंगी इश्तहार...

नीता : *(एक कागज़ उठाकर पढ़ती हुई)* 'फिर न कहना खबर न हुई। बिकाऊ है, बिकाऊ है दुनिया का

एक बेहतरीन एक आलीशान अजूबा। सदी में पहली औ' आखरी बार। मौका न गँवाएँ। खतो-किताबत के लिए, यह रहा पता स्विट्ज़रलैंड का—पो.बा.नं 420, लोलोफर श्ट्रासे, बैंक डुनेताविले, स्विट्ज़रलैंड। ध्यान रहे कि बिकाऊ माल दुनिया की प्रसिद्धतम इमारतों में है—इसलिए सीलबन्द लिफाफों में ही टेंडर भेजें—स्वीकृत टेंडर की धनराशि यू.एस. डालरों में किस बैंक के बिना नम्बर के अकाउंट में जमा कराई जा सकेगी—इसकी सूचना टेंडर खोलने के बाद दी जा सकेगी।'

शरीफा : बहुत खूब! तो इसे तो डाक से करो रवाना, औ' अब आके खाओ गर्मागर्म खाना। *(सब उठते हैं)*

गेंदालाल : वाह, यह हुई न बात! हाँ, एक बस बात बताइए, ये स्विट्ज़रलैंड का पता जो है—सो...

सुरेश : वह नीता के भाई साहब का है—वहाँ पहुँची कुल डाक उनके कर्मचारी हमें रिडायरेक्ट करा देंगे। नीता अपने भाई को उनके पन्द्रहों ठिकानों पर लिख चुकी है।

गेंदालाल : बहुत खूब! *(ताज को उठाकर लपेटता हुआ)*
शुक्रे अल्लाह के मिली ऐसी अमानत हमको,
आ मेरी जान गले से मैं लगा लूँ तुझको।
जानेमन ऐसे न देखे थे सनम पत्थर के,
संगमरमर के हों जो, सितमगर सनम पत्थर के॥

[वाहवाही की झड़ी लगाते सबका प्रस्थान]

[परदा गिरता है।]

अंक तीन

दृश्य एक

[स्थान गेंदा मास्टर की बरसाती। छहों बैठे हैं। सामने कई खुले-अधखुले पत्र पड़े हैं। पानी बरस रहा है। बिजली चमक रही है।]

शरीफा : मुआ मेंह है कि थमने पर ना आए है—सुबह से मेरी दाहिनी आँख फड़क रही है—अल्ला खैर करे!

सुरेश : मास्टर जी, ये तो ऐरे-गैरे-नत्थू-खैरों के ही हैं सारे-के-सारे। इश्तहार तो हमने सभी बड़े-बड़े अखबारों में दे दिया था। जो कुछ अच्छी रकम औफर भी करते हैं, उनकी नीयत ठीक नहीं लगती।

रमेश : मैं कहता तो था कि टी.वी. पर भी दो।

महेश : उफ्फोह यार! सचमुच के पैसे वाले मुल्कों में लोग अब टी.वी. कहाँ देखते हैं? बहुत हुआ तो वीडियो देख लेते हैं टी.वी. देखा जाता है अब सिर्फ हमारे यहाँ झुमरीतलैया, गंज बसौदा, जालौन, दतिया और चुरू में। और हमें-तुम्हें अपनी 'टार्गेट आडियंस' तीसरी दुनिया के इन मरभुखों में नहीं, पहली दुनिया के उन पूँजीपतियों में ढूँढ़नी है, जिन्होंने लन्दन के पूरे पुल को हवाई जहाज में ले जाकर अमरीका के टैक्सास में लगा दिया है।

रमेश : हाँ जी, अपने यहाँ तो आजकल हौज़री सेलों के या शादी की एजेंसियों के ही विज्ञापन फल सकते हैं। ज़रा उनकी भाषा में सोचो तो सही—'ताज वही जो सरताज दिलवाए। फिर न कहना खबर न हुई।'

नीता : वैसे भी इस वक्त दुनिया-भर में मन्दी का ज़ोर है, सिर्फ डॉलर ऊपर जा रहा है। यह देखो, एक ऊँची 'बिड' आई है हालीवुड से, एक फिल्मी तारिका का सोलहवाँ पति उसे लिज़ टेलर के हीरे से भी ज्यादा कीमत का तोहफा देना चाहता है—दाम लगाया है पाँच हजार करोड़।

शरीफा : ऐ हैं, अजी मुहब्बत का तोहफा हालीवुड न जाने देंगे हम। सात बरस में सत्तर तलाक होते हैंगे मरो के। कम्बख्त क्या ताजमहल उस जलमुँही के गले में लटकावेगा? या कि ब्याह की अँगूठी में जड़ेगा? *(पीक थूककर)* मरी फिरंगनों का क्या भरोसा? कहीं लाल-पीले रँगों से पुतवाकर जुआघर न बना डालें—परसों पहाड़गंज में मैंने एक फिरंगन को बटुवे की बतौर पानदान हाथ में लटकाए देखा। ना जी ना। और पढ़ो—

नीता : *(दूसरा खत उठाती है)* ग्रीस में कॉर्फू के द्वीप पर रहने वाले एक झक्की अरबपति के वकील का खत है कि वे इसे खरीदना चाहते हैं, पर पहले उनके भेजे डॉक्टर इमारत पर कीटनाशक दवाएँ स्प्रे करेंगे, ताकि तीसरी दुनिया के कीटाणु वहाँ न जा पहुँचें और उसे द्वीप पर कैसे फिट किया जाएगा, इसमें भी उन्हीं की मर्जी चलेगी।

गेंदालाल : अजी, राम भजिए। अंट-संट विलायती दवाओं से

हमने नास नहीं करानी अपनी चीज़-बस्त। सुना नहीं कि अपने मुल्क में किसी कीटनाशक इस्प्रे से मुहब्बत नगर में लाखों की फसलें सूख गईं। हाय मुमताजों-शाहेजहान की मुहब्बत की आखिरी धड़कन।

अब तुम पे फिलिटो डी.डी.टी. की फुहारें होंगी। अजी नहीं। अरे, खालिस हिन्दोस्तानी मुहब्बत की इस पाक यादगार को इन नापाक फिरंगी दवाओं से हमें बचाना ही होगा, वर्ना इश्क के नामलेवा न रह जाएँगे शरीफा—गेंदा जैसे। आए हाए! कुफ्र है। कोई और ग्राहक तजबीज कीजै।

नीता : ये हैं जर्मनी की एक मशहूर गोश्त की चीज़ें यानी मीट प्राडक्ट बनानेवाली कम्पनी के सालिसिटर की चिट्ठी—वो बीस हजार करोड़ डालर तक दाम देने को राज़ी है—बशर्ते कि बिल्डिंग पर पहले वे अपनी कम्पनी के बोर्ड चारों ओर टाँग के तसल्ली कर लें कि उसका विजुअल वे अपनी कम्पनी के कीमे और तिक्का-बोटियाँ बेचने के लिए विज्ञापनों में इस्तेमाल कर सकते हैं या नहीं।

रमेश : गजब!

सुरेश : सितम!

गेंदालाल : एकदम नहीं। उफ! कलेजे पे साँप लोटते हैं सुनके कि ताज के गुम्बद पर बूचड़खाने का बोर्ड टँगेगा।

नीता : तब तो बड़ी दिक्कत है। हालीवुड वालों को नहीं, यूनानी लखपतियों को नहीं, जर्मनी की कम्पनी को नहीं...

सुरेश : इन हालात में तो ताज कभी बिक ही नहीं पाएगा।

शरीफा : रुको, ज़रा चाय पी जाय गर्मागर्म तो दिमाग के

बन्द दरवाजे शायद खुलें...

गेंदालाल : ये हुई न बात!

सुरेश : चलिए, मैं हाथ बटा दूँ—ये डिबियाँ भभूत वाली *(देता है)* ताज कहाँ है?

गेंदालाल : भीतर रखा हैगा, किरासन के पीपे के बग़लवाली तिपाई पे।

शरीफा : ए है—अक्ल तुम्हारी घास चरने को गई है क्या म्याँ? तमाम गन्धाने लगा मिनटों में। कालिख लगेगी सो अलग। जो काम मथुरा का कारखाना न कर पाया उसे अब तुम करोगे। *(सुरेश से)* बेटा, उसे हौले से उठा के भीतर अलगनी पर टँगी पुरानी लुंगी में लपेट दो—औ' फिर बैग में धर के उधर चारपाई के पैताने रख देना आहिस्ता से।

[प्रस्थान]

नीता : तो ये तो...

[जोरों से दरवाजा खटखटाने की आवाज़। सब अचरज से परस्पर एक-दूसरे को देखने लगते हैं।]

रमेश : अब कौन आ टपका इस वक्त—कहीं पुलिस न हो!

नीता : मैं देखती हूँ। *(दबे पाँव जाकर झाँकने का नाट्य)* भाई साहब!

गेंदालाल : कौन?

नीता : बब्बर भाई साहब। मेरे बड़े भाई। स्विट्ज़रलैंड वाले।

[दरवाजा खोलने लगती है।]

रमेश : ठहर बेवकूफ, यह हज़रत आज यहाँ टपके कैसे? साथ में कोई है?

नीता : *(फुसफुसाकर)* दो बाडीगार्ड हैं—हमेशा रहते हैं। लोकल लगते हैं *(फिर देखकर)* बैग पर हवाई कम्पनी का बिल्ला लगा है। लगता है, अभी आ रहे हैं। *(सबसे)* तुम सबको बहुत-बहुत सावधान रहना होगा, *(दरवाजा खोलती है)*

[बब्बर का प्रवेश—साथ में दो गुंडे टीटो और पीटो।]

नीता : भाई साहब।

बब्बर : क्या बात है, हाथों में मेहँदी लगी थी तुम सबके? *(गुंडों से)* टीटो! पीटो! तुम लोग दरवाजे के पास पोजीशन ले लो—खबरदार, परिन्दा भी पर मारने न पाए। हाँ, फोन लगा दो।

दोनों गुंडे : यस बॉस! *(एक पोर्टेबल फोन पास में रख देते हैं।)*

बब्बर : *(उपस्थित लोगों से)* आप सब पढ़े-लिखे सभ्य लोग हैं—उम्मीद है, आप हमें जोर-जबरदस्ती का मौका नहीं देंगे।

नीता : भैया!

बब्बर : चुप कर बेवकूफ! अपनी बेनाम माँ का असर है तुझ पर, जो कि तू ऐसों के बीच अपनी जगह बनाए बैठी है।

नीता : भैया!

बब्बर : हाथ लगी है पूरे-की-पूरी सोने की खान, और बेच रही है, उसे गुदड़ी बाजार में! जभी हिन्दुस्तान तरक्की नहीं कर पाता। *(गेंदालाल से)* चल बे

भड़वे, माल निकाल। भाड़ में जाए इश्को-मुश्क के तुम्हारे थियेटर चर्चे। हम खालिस दौलत की ढेरी से सौदा पक्का कराएँगे माफिया की मदद से।

गेंदालाल : जुबान सँभाल के म्याँ—यहाँ भी बहुत दाँव खेले हैं...

नीता : *(फुसाफुसा के)* मास्टर जी, सँभल के—भैया माफिया के नम्बर दो बॉस हैं—

बब्बर : अब नम्बर एक बेवकूफ। पुराने बॉस 'जोकर' की लाश ब्रांक्स नदी में मछलियों का चारा बन रही है इस वक्त, हा हा हा।

[शरीफा का चाय की ट्रे समेत प्रवेश]

शरीफा : ये शोर-शराबा कैसा? अएँ! स्टोव की भर्र-भर्र में कुछ सुना नहीं, स्टोव बुझाया तो...

बब्बर : ऐ बुढ़िया, ये टर्र-टर्र बन्द कर और ट्रे रख नीचे। *(गेंदालाल से)* बुढ्ढे, तू इधर जा। *(गेंदालाल को बन्धक बनाकर कनपटी पर पिस्तौल रखता है। शरीफा से)* देख, अक्ल से काम ले, वर्ना तेरे इस भड़भूजिये का भेजा छत पर चिपका नज़र आएगा।

शरीफा : हाए मेरा माश्टर, तू किस हाल में है!

गेंदालाल : हाल? तेरा शेर लोहे के जाल में हैं। मुहब्बत, पीछे हट, फर्ज आगे बढ़। जाओ शरीफो, उठा के ले आओ वो बैग। फैसला करेगा ऊपर वाला, आलमगीरी अल्लाताला।

बब्बर : अब तो ना ही तुक भिड़ेगी ना मिलेगा काफ़िया। ताज को बेचेगा अब इंटरनेशनल माफिया॥

सब : हाए! सितम!

[शरीफा का प्रस्थान। बब्बर पिस्तौल से सबको धमकाता है।]

बब्बर : *(तनिक नर्माई से)* देखिए, ऐसा है कि हम लोग बेवजह खून-खराबा नहीं चाहते, हम भी चाहते हैं कि माल सीधे-सीधे हमें मिल जाए और बिना अड़चन हम चले जाएँ। और यह आप सब पर निर्भर करता है कि...*(शरीफा का पुनर्प्रवेश, हाथ में बैग)*

बब्बर : टीटो, पीटो। *(गुंडों का पुनर्प्रवेश)* माल सँभाल लो। जतन से। नाज़ुक पत्थर की चीज़ है। स्मिथ एंड स्मिथ का आदमी रुका होगा होटल में, उससे स्पेशल 'फ्रेज़ाइल विद केअर' वाली पैकिंग में बन्द करा लेना। एक्सपोर्ट सर्टिफिकिट है। *(टीटो जेब थपथपाता है)* ठीक—ओके दोस्तो! सॉरी! पर कुपात्र के हाथ जिसे कहते हैं, दौलत सौंपना ठीक नहीं। *(गेंदालाल से)* बूढ़े न होते मियाँ, तो हम तुम्हें अपने साथ रखते। हिम्मती हो।

शरीफा : चाय तो पी लीजिए।

[सब अचरज से उसे देखते हैं।]

गेंदालाल : चाय? इन्हें चाय दोगी तुम?

शरीफा : अब बहन के घर आए हैं, ये न निभाएँ भाईपना तो हम तो निभाएँगे ही। *(बब्बर से)* इन दोनों को भी पिलवाये देती हूँ—

बब्बर : ठीक है, ठीक है, जल्दी करो...

[शरीफा ट्रे लेकर तीनों को चाय देती है। बाकी लोग मदद करने को आते हैं, पर वह मना करके खुद ही देती है।]

शरीफा : *(बब्बर से)* ये नहीं—हाँ, ये वाला—*(टीटो-पीटो से)* ये भाई साब, ये दो रहे आपके। *(औरों से)* तुम सब बाद को पीना—अब चाय ही पीना जनम-भर बैठकर। इनका दिल छोटा है तो हम अपना दिल क्यूँ छोटा करें भला?

बब्बर : *(बब्बर चाय को जल्दी-जल्दी पीते हुए)* बब्बर का दिल छोटा है, कहनेवाला अब तक पैदा नहीं हुआ। *(जेब से गड्डी फेंकता है)* ये रहे दस हज़ार रुपए—नहीं, डॉलर। बहुत हैं इस मुल्क के मरभुखो के लिए—*(टीटो-पीटो से)* चलो।

[तीनों का प्रस्थान। उनके जाते ही कोलाहल—सब अपनी-अपनी कह रहे हैं।]

गेंदालाल : पर शरीफो, हम आपको इस बात के लिए हरगिज-हरगिज माफ नहीं कर सकते कि जिन्होंने हमारा गला काटा, आप उन्हीं को भर-भर प्याले चाय पिलाएँ...

सभी : हाँ।

गेंदालाल : जो हमारी कनपटी पर पिस्तौल लगाकर भून देने की धमकी दे, उसे आप...*(अचानक)* नहीं, कोई पेंच जरूर है। *(चुप्पी)* क्यों शरीफो, बोलियो। क्यों दी आपने उन्हें चाय? कहीं...

शरीफा : *(मुस्कुराकर)*—भला आप से क्या छुपाना—बस, चुटकी-चुटकी भभूत डाली है हमने उसमें, मन्तर पढ़ के चुपचाप।

सभी : क्या ऽ ऽ ऽ ऽ !

शरीफा : जी हाँ—जाइए। बैग सीढ़ियों पर ही होगा और चींटों की माफिक वे तीनों इधर उधर रेंगते होंगे।

[हर्षोल्लास का वातावरण]

शरीफा : एक डिब्बा लेते जाइए उन्हें रखने को। कहीं गफलती में पैर पड़ के पिच न जाएँ। जाइए, ले आइए अपना माल और वो तीनों गुरु घंटाल।

[सबका प्रस्थान। केवल नीता और शरीफा। नीता रो रही है।]

शरीफा : रो मत बेटी ! ऐसा भी होता है कभी।

नीता : फिर मुझे मेरे अनजान माँ-बाप के नाम का ताना दिया उसने। तो क्या हुआ, अगर मेरी माँ थेटर वाली थी! बाकायदा ब्याह किया था उसने भी मेरे बाप से।

शरीफा : थेटर वाली? क्या नाम था बेटी? कौन कम्पनी?

नीता : मुझे नहीं मालूम—यह राज़ अब सिर्फ बब्बर भाई के पास है, मैं डर के मारे पूछ नहीं पाती।

[शेष लोगों का एक गत्ते वाला जूते का डब्बा तथा बैग लेकर पुनर्प्रवेश]

सुरेश : भई वाह, मान गए आपको शरीफा बी। *(ढकना खोलकर दिखाता है)* देखिए-देखिए, क्या कमाल के दाँव-पेंच दिखा रहे हैं बब्बर भाई! भई वा—वाह! क्या पटखनी दी उन्होंने टीटो को! अबे पीटो, पीट साले को! *(डब्बा बीच में रखकर सब डिब्बे के इर्द-गिर्द बैठ जाते हैं—जैसे मुर्गों की लड़ाई देख रहे हों!)*

महेश : वाह! क्या धोबी पाट दी साले को!

रमेश : औ' वो देखिए क्या मेढ़े की-सी टक्कर मारी है इन्हें—भई भूखे होंगे हमारे शेर—क्यों *(कान*

लगाकर सुनने का अभिनय) बाप रे, अंग्रेज़ी में इतनी गालियाँ हैं। ये हमें पता न था।

[शरीफा का प्रस्थान]

गेंदालाल : अजी कहाँ चलीं?

शरीफा : *(जाते-जाते)* जाऊँ, कुछ चूरा-बूरा ले आऊँ बेचारों के लिए—भूखे होंगे। (सबसे) देखो, सँभाल के रखियो इन्हें—बड़े खतरनाक हैंगे ये तीनों।

[प्रस्थान। पुनर्प्रवेश। सब बारी-बारी से डब्बे में खाने का चूरा डालते हैं। एक कटोरी में पानी भी रखते हैं।]

गेंदालाल : नीता बेटी, ज़रा पानी कमती रखियो, कहीं डूब न मरें मुए।

शरीफा : अजी हयादार को तो चुल्लूभर काफी है।

[अचानक फोन पर बीप-बीप की ध्वनि]

सुरेश : *(फोन उठाकर)* हलो! हलो! यैस। बब्बर बॉस हियर *(दूसरों से)* न्यूयार्क से कॉल है—हैडक्वार्टर से—यैस? यैस। यैस। ओ.के. राइट। हलो-हलो *(फोन रख देता है)* हाय-हाय!

सभी : अब क्या हुआ?

सुरेश : गज़ब हो गया! बब्बर बॉस का पुराना दुश्मन जोकर अपनी इलेक्ट्रोनिक बालपेन की मदद से नदी से निकल आया है और माफिया के प्रतिद्वन्द्वी गुट ने बब्बर बॉस के भेजे तमाम सन्देश रास्ते में रोककर डीकोड कर लिए हैं—उन्हें ताज की चोरी और बॉस के यहाँ आने का मालूम हो

गया है। धमकी में जोकर ने सिर्फ यह वाक्य लिख भेजा है—हा हा हा हा हा! न्यूयार्क ऑफिस का कहना है कि अपने जादुई बॉलपाइंट की मदद से हिन्दुस्तान को रवाना हो चुका है।

नीता : आपने बातचीत के अन्त में हाय क्यों कहा?

सुरेश : मुझसे बात करते-करते आपरेटर की हत्या हो गई।

[भयोत्पादक संगीत। डब्बे का ढकना उछलता है। शरीफा द्वारा डब्बे के पास सुनने का नाट्य। डब्बे से चीं-चीं ध्वनियाँ जैसे टेपरिकार्डर तेज गति से चला दिया गया हो।]

शरीफा : ये कहते हैंगे कि ये जोकर नाम के बॉस का सन्देश है—खास तौर से—क्या? *(फिर सुनती है)* जोकर की बॉलपाइंट बहुत खतरे की चीज़ है। वह क्राइम का बादशाह माना जाता है और उसकी बॉलपेन क्राइम की दुनिया का सबसे बड़ा हथियार! *(फिर सुनती है)* कहते हैं कि वह बॉलपाइंट पेन रेडार, हेलीकाप्टर, साइकिल, टारपीडो, बन्दूक, तोप, तमंचा, आतशी शीशा, रस्सी, राकेट कुछ भी बन सकती है।

[बाहर से जोरों से दरवाज़ा खटखटाने की आवाज़। कमरे में चुप्पी।]

गेंदालाल : कौन है बे?

बाहर से : हा हा हा हा हा! दिस इज़ माफिया कॉलिंग। हम उल्टी गिनती गिनता है—जीरो तक नहीं खोला

दरवाजा, तो बजा दूँगा तुम्हारा बाजा। हा हा! तो हमें दुनियाभर में मशहूर अपना बॉलपेन इस्तेमाल करना होगा—दस, नौ, आठ...

नीता : सर्वनाश! जोकर इस वक्त माफिया बॉस का सबसे बड़ा प्रतिद्वन्द्वी है। स्कॉटलैंड यार्ड और इंटरपोल सबको चकमा दे चुका है। तीन सौ अट्ठाईस भाषाएँ जानता है।

आवाज़ : सात—छह...

शरीफा : उफ, कम्बख्ती की मार।

आवाज़ : पाँच—चार—

गेंदालाल : शरीफा, तू फिर चाय का पानी चढ़ा।

आवाज़ : तीन—दो...

शरीफा : ठीक। नीता, तू मेरी मदद करा। उमेश बेटा, तुम भीतर बैग की रखवाली पर तैनात रहो।

आवाज़ : एक...

[तीनों का प्रस्थान। गेंदालाल दरवाजा खोलता है। सामने जोकर खड़ा है जोकर कि वेशभूषा में। हाथ में बॉलपाइंट।]

गेंदालाल : कौन हो तुम? किससे काम है?

जोकर : हा हा हा! गेंदालाल तुम्हारा नाम है?

गेंदा : फर्माइए...

जोकर : यूँ न गर्माइए, *(जोरदार ठहाका)* हमसे न शर्माइए।

रमेश : यार, ये तो हिन्दी के लेखकों की तरह ठहाके लगाता है।

[बॉलपाइंट पेन पिस्तौल की तरह तानता है। बत्तियाँ जलना-बुझना। सबको जैसे गुदगुदी मचने लगती है।]

जोकर : हा हा हा! हँसो-हँसो जलदी हँसो! यह है—हमारी दुनियाभर में मशहूर बॉलपाइंट की मुस्कान किरण का नन्हा-सा अजूबा—जो दुश्मन को हँसा-हँसा कर फँसाता है।

[कुछ क्षण सबको डराकर एक पिस्तौल का घोड़ा दबाता है, तो पिस्तौल पानी की धार निकालती है। धार जिस पर पड़ती है, वह खुजली के भाव से लोटपोट होने लगता है।]

जोकर : हा हा हा! जोकर के पानी की धार, यानी जिगर के आर-पार। प्यारे दोस्तो, न मैं डाकू हूँ और न ही चोर। जैसे आटे के साथ चोकर रहता है, माफिया की गड्डी में जोकर रहता है। जोकर जो गोली से नहीं, हँसी से मारता है—खुजली से रुलाता है। जोकर के किसी भी शिकार के बदन पर घाव नहीं होता। उनकी मौत हँसते-हँसते पेट फटने से होती है। हा हा हा! खबरदार! होशियार! *(सब चुप होते हैं)* हाँ, तो सुनो, असली मजमून यों है, के इधर हम इस कमीने-कुत्ते बब्बर की चाल से बचकर बॉलपाइंट की मदद से ब्रांक्स से तैरते हुए अटलांटिक और वहाँ से सीधे जा पहुँचे मारिशस। वहाँ हमारे चीनी एजेंट ची-कुआ-यू ने उसी दम विचित्र गुप्त सन्देशा अपने वायरलेस पर पकड़ा था, जो माफिया बॉस बब्बर ने अपने बम्बई ऑफिस को गुप्त भाषा में यानी कोड लैंग्वेज में भेजा था। मैसेज कुछ यूँ था—'बब्बर अब बॉस है। स्टाप। कब्जे में है राजमुकुट और

लता मंगेशकर की पहली फिल्म। स्टाप'। सन्देश पाना था कि मैंने अपनी बॉलपाइंट पेन को बनाया मुस्कान विमान और जा उड़ा सीधे वाशिंगटन को, लायब्रेरी ऑफ कांग्रेस के रिकार्डों से पता चला कि राजमुकुट याने—'ताज' और लता की पहली फिल्म यानी—महल—यानी कब्जे में है ताजमहल। उधर वर्धा के जंगलों में छुपे हमारे ट्रांसमीटर ने बॉलपाइंट के रिसीवर से हमें बताया कि भारत में किसी बिल्डिंग को लेकर बड़ा गुप्त पचड़ा मचा हुआ है और हजारों की तादाद में टूरिस्ट देश से भाग रहा है। हमारा मार्फिन का माल डिलीवर किए बिना। हम समझ गए कि चोरी गया है एक ठो ताजमहल। और इसके पीछे उसकी देशी ताकत का हाथ है जिसने हमें ब्रांक्स नदी में धक्का दिया था। फिर जिसे कहते हैं, घटनाओं का चक्का घूमा और हम यहाँ आ गए। अपने दुश्मनों की टोह में। *(गरजकर)* कहाँ है साला, गीदड़ की औलाद जो अपने को बब्बर कहता है?

गेंदालाल : अफसोस कि आप तनिक देरी से पहुँचे...

जोकर : यानी?

गेंदालाल : यानी चिड़िया चुग गई खेत।

[भीतर से रोती हुई शरीफा का ट्रे लिये प्रवेश]

शरीफा : क्या पूछते हो बेटा, अपना ताज तो लुट गया—अरे, माफिया के हाथ गया औने-पौने! ऐसा पता होता कि इतनी जल्द तुम आनेवाले हो, तो कुछ देर लटकाए रखते कम्बख्तों को—लो, चाय पियो।

जोकर : क्या? वो बदमाश फिर मुझे चकमा दे गया—नहीं, चाय नहीं!

नीता : चाय पी लीजिए—ज़रा थकान मिटेगी।

जोकर : हा हा हा, थकान! जोकर को! और थकान, वकान यहाँ नहीं होती। कुछ। *(दाँत पीसकर)* जितना गुस्सा होता है जोकर, उतना ही शक्तिशाली भी। *(गुस्से में जूते का डब्बा जिसमें बब्बर, पीटो और टीटो बन्द हैं, पटकने को उठाता है। सब हैं-हैं करते हैं, वह हा-हा करते डब्बा पटक देता है—सब घुटनों के बल तीनों सूक्ष्म आकारों का फर्श पर पीछा करते हैं।)*

जोकर : ये-ये क्या कर रहे हैं आप लोग?

महेश : कुछ कीड़े पाले थे हमने।

सुरेश : इल्लियाँ। इल्लियाँ। यू नो सिल्क वर्म्स।

रमेश : काटेज इंडस्ट्री। हैंडलूम। हैंडलूम, बिग एक्सपोर्ट।

नीता : उई!

[उसे किसी ने काट खाया है। सलवार के पाँयचे से चुटकियों में पकड़ती है—एक को शरीफा पकड़ती है, एक को महेश—फिर उन्हें एहतियात से डब्बे में डाला जाता है।]

जोकर : जरा देखें। *(तनिक अप्रतिभ चुप्पी)*

शरीफा : बड़े शर्मीले कीड़े हैं बेटा! एकदम छुई-मुई।

नीता : इंडियन लड़कियों की तरह। आप...आप...चाय लीजिए न!

जोकर : *(चाय का प्याला लेकर)* हा हा हा! सुन्दर लड़कियों को जोकर मना नहीं करता। बाय दि वे...

नीता : जी?

जोकर : तुम मेरी पार्टनर बनोगी?

सुरेश : क्या मतलब?

नीता : क्या, मुझसे पूछ रहे हैं आप?

जोकर : जी हाँ—पर जोकर दोबारा नहीं पूछता। *(चाय की चुस्की लेता है)*

नीता : कुछ समय दीजिए—ऊँच-नीच सोचने का...

रमेश : छोटे-बड़े सबको सोचना पड़ता है इंडियन लड़कियों को—हा हा हा!

जोकर : हा हा हा!

सभी : हा हा हा!

जोकर : सोच लो। बब्बर को पकड़कर मेरा तो सब वसूल हो जाएगा। रहा माल, सो फिफ्टी-फिफ्टी—क्यों? *(फिर चाय की चुस्की लेता है।)*

नीता : जैसा कि रमेश ने अभी कहा, हमें सबको ऊँचा-नीचा, छोटा-बड़ा सब सोचना पड़ता है। *(जोकर उसे एक छोटा पॉकेट ट्रांसमीटर देता है।)* थैंक्यू।

जोकर : ओ.के., मुझे फौरन सन्देशा बीप कर देना। बिना जोकर सब खाओगे ठोकर। हा हा हा! *(प्रस्थान को उद्धत। चुप्पी)*

शरीफा : लो बेटा, ज़रा तुम्हें बाबाजी की भभूत लगा दूँ—सेफ गोइंग, सेफ कमिंग...

गेंदालाल : इंडियन कश्टम। और गुडबाई को हमारे यहाँ कहते हैं, परम्परा।

[जोकर भभूत लगवाता है।]

सभी : परम्परा। परम्परा। परम्रा।

जोकर : नमश्ते माटाजी। परम्परा दोस्तो।
शरीफा : *(मुक्कुराकर)* इत्ते बड़े हो जाओ।

[जोकर का प्रस्थान। चुप्पी]

शरीफा : जाओ भाई, उन्हें भी उठा लाओ, औ' डब्बे में डाल दो। एक दूसरे का दिल बहलाएँगे पड़े-पड़े बब्बर औ' जोकर।

[परदा गिरता है।]

दृश्य दो

[स्थान वही। चिन्तामग्न छहों पात्र बैठे हैं।]

गेंदालाल : याद है शरीफो बी' जब मिनर्वा में 'भक्त प्रहलाद' के शो वाले रोज़ तमंचा छूटते ही हिरणकश्यप का नाड़ा टूट गया था? *(चुप्पी)* डाक नहीं आई, आज की?

शरीफा : नहीं। बिक्री हो जाती तो एक नई कम्पनी का सोचा जा सकता था *(चुप्पी)*।

दोनों : क्या दिन थे वो भी? अपनी कम्पनी, अपना थेटर...

[दूर सुपरसॉनिक जेट की आवाज़]

सभी : *(चौंक कर)*—श्-श...

नीता : हवा में अनिष्ट की गन्ध है—धूप धुन्ध औ' धुन्ध धूप हुई जा रही है...

सुरेश : ये सिर्फ नाटकों में होता है—

महेश : वह भी अनूदित नाटकों में।

नीता : *(जैसे सुना न हो)* लगता है, जैसे धीमे-धीमे...

शरीफा : कुछ नहीं।

[फोन पर वीप-वीप होती है—सब झटके से उसकी ओर मुड़ते हैं, एक-दूसरे को देखते हैं कि कौन उठाएगा। सुरेश डरते-डरते...।]

सुरेश : हलो! हाँ-हाँ, बब्बर हिअर! क्याऽ ऽ ऽ! अच्छा? हाँ। कब? अभी? अच्छा, हाँ। हाँ, ठीक है।

[फोन रख देता है।]

गेंदालाल : अब क्या हो गया?

शरीफा : कौन आ रहा है?

सुरेश : एफ.बी.आई. का सुपर एजेंट *(नाटकीय चुप्पी)* जेम्स बॉण्ड। स्पेशल सुपरसॉनिक जेट से दो घंटा पहले चला है—आधेक घंटे में पहुँचता होगा...

नीता : *(प्रसन्नता से)* कू ऽ ऽ ऽ! सुपर बॉण्ड! डबल ओ सेवन! हाय, मेरा शहजादा।

महेश : हा हा, पर अभी तो हमारे कस्टम पर अटकेगा मुन्ना। हा हा!

रमेश : हा-हा मत करो, मेरे रोंगटे खड़े हो जाते हैं।

[सुपरसॉनिक जेट की आवाज़ कुछ तेज़ होती है।]

महेश : बॉण्ड के जेट को हवाई अड्डे पर उतरने की जरूरत नहीं, वह रूमाल जित्ती जमीन पर उतर सकता है, यहीं उतरेगा कम्बख्त, देख लेना।

[आवाज और पास आती है।]

नीता : यह क्या है?

शरीफा : वही है। लगता है, वही है हालीवुड का साँड मुआ। बस, इसी की कसर...

गेंदालाल : श श...यहीं आता लगता है...

[दरवाजे पर खटखटाहट]

आवाज़ : खोलिए, यह एफ.बी.आई. है।

गेंदालाल : अजी जाइए—ऐसे एफ.बी.आई.-सी.बी.आई. बहुत देखे हैं।

आवाज़ : तीन की गिनती तक दरवाज़ा न खुला तो इसे गोली से उड़ा दिया जाएगा।

शरीफा : दरवाजे के पीछे पड़े हैं सभी मुए—चलूँ, चाय का पानी फिर चढ़ाऊँ—*(जोर से)* खोल रहे हैं, मियाँ जरा धीरज रखिए।

(प्रस्थान)

[गेंदालाल दरवाजा खोलता है। जासूस डबल ओ सेवन का प्रवेश। राजेश खन्ना वाले बॉण्ड की वेशभूषा में है। पैर में फ्लिपर्स, ट्यूब आदि। एक हाथ में तमंचा, दूसरे में ताज वाले बैग जैसा बैग। झुकी हुई आक्रमण को उद्धत मुद्रा में, उसके बोलने का ढंग देवानन्द जैसा है।]

बॉण्ड : *(फुसफुसाकर)* कहाँ है दुश्मन? जितनी जल्द आ सकता था, आया हूँ। *(नीता से)* अपने बाकी गुप्त औज़ार और ये तैराकी का सामान कहाँ रख सकता हूँ? *(बैग दिखाता है। उसकी आँखें लगातार नीता पर गड़ी हैं। (पास सटकर)* भारत सुन्दरी, क्या कभी किसी ने तुम्हारी आँखों के बारे में...

सुरेश : लाइए, बैग मुझे दे दजिए, मैं रख आता हूँ। *(एक प्रकार से छीनकर बैग ले लेता है। भीतर जाता है। जाते-जाते)* आते ही लाइन मारनी चालू। क्यों?

बॉण्ड : *(नीता से)* कोई सुन्दरी परेशानी में हो तो दुनिया

की कोई ताकत बॉण्ड को नहीं रोक सकती। *(चुप्पी)*

नीता : ओह—हाँ, मि. बॉण्ड, पहले आपका परिचय करा दूँ—ये हैं मास्टर गेंदालाल—हमारे लीडर। ये हैं रमेश, महेश, *(सुरेश का प्रवेश)* सुरेश, *(शरीफा का चाय लिये प्रवेश)* और ये हैं बी शरीफा—*(इस दौरान बॉण्ड सबसे हाथ मिलाता है अंग्रेज़ी तरीके से)*

शरीफा : आदाब। लीजिए, जनाब चाय पीजिए।

बॉण्ड : *(अचम्भे से)* मैं? बॉण्ड? चाय?

शरीफा : हाँ, हाँ, आप के लिए ही, लीजिए न!

सभी : नहीं। नहीं।

बॉण्ड : वैल? सॉरी—पर मैं चाय नहीं पीता।

शरीफा : तो दूध लाऊँ? या कॉफी?

सभी : नहीं, नहीं, नहीं।

बॉण्ड : नहीं-नहीं, ये सब फार्मेलिटीज़ छोड़िए—*(दूसरों से)* इतना नर्वस होने की जरूरत नहीं—मेरे आते ही आप की रक्षा का भार डबल ओ सेवन के कन्धों पर है। हाँ। आई होप, आपने चोरी की जगह पर कुछ छुआ नहीं होगा। फिंगर प्रिंट्स यू नो।

गेंदालाल : जी, हम समझे नहीं कुछ?

बॉण्ड : मैं सीक्रेट अजेंट बॉण्ड हूँ, डबल ओ सेवन।

सभी : तो?

बॉण्ड : तो क्या? चोरी का पता लगाने एफ.बी.आई. की मार्फत आया हूँ। आप लोग मुझे बताइए कि क्या चोरी गया है? और ये भी कि शिकागो से माफिया बॉस कब आया, कब गया, और उसका पीछा करते पुराना बॉस यानी जोकर आया कि नहीं और

आया तो गया कि नहीं, क्योंकि ब्रांक्स नदी की तलहटी का सुपरसॉनिक किरणों से एक्स-रे करने पर मालूम पड़ा है कि अपनी मशहूर बॉलपाइंट के बल पर जोकर एक बार फिर बब्बर बॉस के षड्यन्त्र को नाकामयाब करके भागने में कामयाब हुआ है।

नीता : पर हमारा इससे क्या लेना-देना?

बॉण्ड : सच-सच बताइए, औ' सच के अलावा कुछ न बताइए, क्योंकि समय कम है औ' मनुष्य जीवन छोटा। जल्द से बातों का खुलासा कीजिए। ताकि मैं, यानी बॉण्ड इस रहस्य की गुत्थी सुलझाऊँ औ' फिर *(नीता की कमर में हाथ डालकर)* कश्मीर की वादियों में इस हसीना के साथ जाके चैन की बंसी बजाऊँ।

शरीफा : अय खुदा गारत करे मुए, तू यहाँ इन्दरसभा रचाने आया हैगा क्या? हटा मुए हाथ। *(थप्पड़ मारती है।)*

बॉण्ड : माता जी, गुस्सा न होइए। मुझे मालूम है कि आज किसी वजह से आप लोग बहुत टेंशन में हैं। साफ बताइए कि हुआ क्या है। देखिए, बिना मर्ज़ समझे डॉक्टर भी दवा नहीं देता...

गेंदालाल : अजी कहा ना कि कुछ नहीं।

बाण्ड : पर भारत से लगातार इसी पते पर एस.ओ.एस. सन्देश हमारे गुप्त रडार पर आते रहे हैं। आपमें से कौन भेजता रहा है उन्हें?

गेंदा : *(सब पर नज़र डालकर)*—हममें से तो कोई नहीं।

शरीफा : *(आँख से डब्बे की ओर इशारा करके)* कहीं?

सभी : नहीं। नहीं।

बॉण्ड : आइ सी! मेरा काम इससे काफी कठिन हो जाता है। *(चुप्पी)* ठीक है, तो मैं चलता हूँ फिर *(दरवाजे की ओर मुड़ता है।)*

नीता : आयम टैरिबली सॉरी।

बॉण्ड : *(दुःख तथा प्यार से)* दैट्स ऑल राइट।

नीता : यहाँ आने का शुक्रिया!

बॉण्ड : नॉट ऐट ऑल। क्या पता, कई बार हमारे यहाँ गलती से फॉल्स अलार्म भी होता है। पर *(उदास मुस्कान के साथ)* हम ड्यूटी जाने से कभी इनकार नहीं करते—क्या पता इमर्जेंसी सचमुच की हो। है नहीं? क्यों सुन्दर आँखों वाली गुड़िया?

नीता : *(मुग्ध होकर)* कुछ पिएँगे? जाने से पहले। पाँच मिनट...

बॉण्ड : नो थैंक्यू। मैं ड्यूटी पर नहीं पीता। *(उदासी से)* ड्यूटी पूरी करके पी सकता था इन आँखों के जाम। अगर *(इशारा)* ये सब ठीक हो जाता तब हम दोनों रिलैक्स करने को कश्मीर या कन्याकुमारी कहीं भी जा सकते थे—यू नो। हम, तुम और थ्रिल, सी यू। *(प्रस्थान)*

नीता : *(बुक्का फाड़कर रोते-रोते)* या खुदा! हे भगवान! डियर क्राइस्ट! कुछ करो कि प्यारा बॉण्ड उन दोनों को पकड़ ले।

[बॉण्ड का तुरन्त पुनर्प्रवेश]

बॉण्ड : किन दोनों को? *(उसे पकड़कर उसकी कनपटी पर तमंचा रख देता है।)* आउट बिद इट यंग लेडी। जल्द बोलो, कौन दो?

नीता : वही बब्बर और जोकर, जिनकी आप बात कर रहे थे।

बॉण्ड : और तुम्हें कैसे मालूम?

नीता : आपने ही तो बताया न।

बॉण्ड : हाँ, उन्हीं दोनों को पकड़ने को मैं यहाँ आया हूँ—मैं खुलासे से बताना नहीं चाहता था, क्योंकि आप लोग घबरा जाते। वे दोनों अन्तर्राष्ट्रीय हत्यारे हैं।

नीता : हत्यारे? किसकी हत्या की उन्होंने बब्बर भाई—यानी बब्बर तो बहुत नर्मदिल आदमी है।

बॉण्ड : आ हा! पकड़ी गई तुम सुन्दरी!

नीता : मैं?

बॉण्ड : टोको मत बीच में।

नीता : बॉण्ड, मैं...

बॉण्ड : हाँ, बोलो।

शरीफा : नीता बेटी, नहीं।

बॉण्ड : प्लीज, माता जी, हम सब इसमें साझीदार हैं। आप लोग पूरा मामला मेरे सुपुर्द करने से घबरा रहे हैं। मेरा यकीन करें।

नीता : मेरे बब्बर भैया को बचाइए बॉण्ड! मेरी राखी पर आँच न आए। सौतेले हैं तो क्या, उनके अलावा दुनिया में मेरा कोई नहीं।

बॉण्ड : आ हा! तभी मैं सोच रहा था कि बब्बर हिन्दुस्तान के इसी शहर में इसी बस्ती की ओर क्यों भागा! *(नीता से)* सुन्दरी, वह तुम्हारा कौन है?

नीता : सौतेला भाई है, और कौन ?

बॉण्ड : *(मुस्कुराकर)* च्च च्च, तब तो तुम सच में कुछ नहीं जानतीं, सचमुच में। *(बाकी से)* यू सी, बब्बर चूँकि माफिया का चीफ है, इसलिए हम उस पर एक पूरी फाइल रखते हैं—हमारे हाथों में यह

खुफिया तथ्य आया है कि वह सचमुच वह नहीं है जो कि बनता है। वह वास्तव में मंगल ग्रह से आया हुआ एक भयानक चालाक डबल एजेंट है, जो आज से पच्चीस साल पहले पृथ्वी पर आया। तथाकथित सौतेली माँ और तथाकथित बाप को राँची पागलखाने में जबरू भर्ती करवाकर उनकी जायदाद हड़प कर गया और उनकी छोटी-सी बच्ची को अनाथालय भेजकर अब शिकागो में माफिया का चीफ बन बैठा है—उसका अन्तिम इरादा बहुत खौफनाक है—*(नीता चीख मारकर मूर्च्छित होती है।)*

बॉण्ड : इन्हें क्या हो गया? *(झुककर चूमने की चेष्टा करता है। सुरेश उसके कूल्हे पर लात मारता है, सो वह छिटककर गिरता है।)*

सुरेश : ये क्या बदतमीजी है!

बॉण्ड : नकली साँस दे रहा था—माउथ टु माउथ रेस्पीरेशन यू नो।

शरीफा : *(दुहत्थड़ मारकर)* अजी हमारी लौंडिया की असली साँस चल रही है अभी, हटो—पानी के छींटे मारो। *(पानी के छींटे)*

नीता : *(आँखें खोलकर)* मैं कहाँ हूँ *(बॉण्ड पर दृष्टि पड़ते ही)* आए मेरे माँ-बाप! *(चुप्पी)* तभी मैं कहूँ कि भैया मंगल का व्रत क्यों रखते थे।

बॉण्ड : जी हाँ, और अधिक पूछताछ करने से यह भी पता चला कि वे माँ-बाप भी उस लड़की के असली माँ-बाप नहीं थे...

सभी : क्या?

बॉण्ड : जी हाँ, वे दोनों लाहौर के दो मशहूर जेबकतरे थे,

जो उस बच्ची को किसी दंगे के दौरान एक थर्ड-रेट थियेटर कम्पनी से उठा लाए थे।

नीता : *(चीखकर)* हाय बब्बर! *(फिर से मूर्च्छित हो जाती हैं बॉण्ड फिर झुकने की कोशिश करता है—सुरेश-रमेश पकड़ लेते हैं।)*

सुरेश, रमेश : थैंक्यू, पर जरूरत नहीं।

शरीफा : ये क्या हुआ इस बेचारी को?

गेंदालाल : हाए, हाए, अपनी बेटी होती तो आज इत्ती ही बड़ी होती न।

शरीफा : *(रोकर)* हाए जालिम बब्बर—उजड़ जाए तेरा टब्बर।

बॉण्ड : तो बहन जी, एक खुशखबरी आप दोनों के लिए।

[नीता आँखें खोलती है।]

नीता : मैं कहाँ हूँ?

बॉण्ड : यही तुम दोनों की सालों से बिछड़ी हुई बेटी है।

नीता : *(उठकर)* माँ!

गेंदालाल, शरीफा : *(समवेत)* बेटी।

सुरेश : ऐं? यह तो अपनी उम्र कुल उन्नीस बताती थी?

[गले मिलना। तभी धाँय से तमंचा छूटता है और भीतर से जोकर—बब्बर और टीटो-पीटो का पूर्व आकार में प्रवेश। सबके चेहरों पर भभूत लगी है। जोकर के हाथ में बैग है।]

सभी : अयँ?

जोकर : हा हा हा हा हा! जोकर के बॉलपाइंट में देर है, अन्धेर नहीं। साइज़ घट जाने से उसको काम

करने में देर तो लगी पर अन्धेर नहीं हो पाया। इसकी सुपरसॉनिक ताकत से धीरे-धीरे डब्बे को खिसकाकर हम पहुँच गए भभूत की डिबियों के पास औ' सही भभूत लगाकर अपने पुराने साइज़ में लौट आए। तभी हम दोनों *(बब्बर की पीठ थपथपाकर)* ने निश्चय किया कि इतना बड़ा दाँव हम दोनों क्यों न मिल कर खेलें? इसलिए अब हम माल लेकर सीधे जा रहे हैं मंगल ग्रह के एक अनजान स्थान को—वहाँ से निश्चय करेंगे कि इसका क्या हो? किस मुल्क को इसे बेचें—दक्षिणपन्थी, कि वामपन्थी। और कैसे बेचें कि अन्त में दोनों मुल्कों के बीच एक बड़ा और आखिरी महायुद्ध हो, औ' हमारे मंगल ग्रह द्वीप को छोड़कर बाकी तुम्हारी सब दुनिया तबाह हो जाए। उस सारे को भोगने को बस हमीं बच रहें—हम *(बब्बर से)*

बब्बर, जोकर : *(समवेत)* हम-तुम औ' ताज़। हा हा हा हा! *(प्रस्थान)।*

[उनके जाते ही सब एक साथ बोलने लगते हैं]

बॉण्ड : क्या मैं कुछ कह सकता हूँ *(कोई नहीं सुनता। जोर से)* क्या मैं कुछ कह सकता हूँ?

गेंदालाल : नहीं।

बॉण्ड : देखिए साहब, मैं कोई ऐरा-गैरा नत्थू-खैरा नहीं, बॉण्ड हूँ, बॉण्ड।

नीता : ओह बॉण्ड, माय क्यूती
इस नक्कारखाने में तू बन गया है तूती...

बॉण्ड : एक मिनट सुन्दरी—*(गेंदालाल से)* तो क्या आप अभी भी इनकार करते हैं कि आज यहाँ कुछ गड़बड़ी हुई है?

गेंदालाल : बिलकुल।

बॉण्ड : मैं भीतर गया तो पाया कि आपके होल्डॉल बँधे रखे हैं। जाहिर है, आप आज ही आए। कब आए?

[बातचीत की रफ्तार कोर्टरूम ड्रामा की तरह बढ़ती जाती है।]

गेंदालाल : करीब तीन बजे सुबह।

बॉण्ड : तीन बजे, सुबह?

गेंदालाल : तीन बजे सुबह।

बॉण्ड : करीब तीन बजे। तो फिर आप इस कमरे में आए!

गेंदालाल : इस कमरे में आया।

बॉण्ड : पक्का?

गेंदालाल : अजी हाँ, एकदम पक्का। देखिए मियाँ...

बॉण्ड : शरीफा बी भी आईं?

गेंदालाल : दुरुस्त है।

बॉण्ड : और तब आप दोनों—बात करने लगे?

गेंदालाल : बोले, बतियाए, मुस्काए।

बॉण्ड : वो यही फूलदार सूट पहने थीं?

गेंदालाल : जी हाँ, दुरुस्त है।

बॉण्ड : तो आप करीब तीन बजे सुबह यहाँ आए, बोले, बतियाए, मुस्काए...

गेंदालाल : बोले, बतियाए, मुस्काए...

बॉण्ड : और वो फूलदार सूट पहने थी?

गेंदालाल : फूलदार सूट।

बॉण्ड : वो यहाँ चटाई पर बैठी?

गेंदालाल : चटाई पर बैठी।

बॉण्ड : आप खड़े रहे?

गेंदालाल : जी हाँ, मैं खड़ा रहा।

बॉण्ड : और आप कहते हैं, आप करीब तीन बजे यहाँ आए और बोले, बतियाए, मुस्काए।

गेंदालाल : बोले, बतियाए, मुस्काए।

बॉण्ड : औ' वो फूलदार सूट में थी?

गेंदालाल : वो फूलदार सूट में थी।

बॉण्ड : और ताज का बैग उन्होंने आपके किस हाथ में थमाया—दाएँ या कि बाएँ?

गेंदालाल : दाएँ—नहीं! नहीं-नहीं बाएँ—उफ्!

बॉण्ड : थैंक्यू मिस्टर गेंदालाल! मुझे यही पूछना था। नीता, अब आप पूछताछ कर सकती हैं इनसे।

नीता : *(बॉण्ड से)* पिछले पन्द्रह सालों से मेरे सपनों के राजकुमार आप रहे हैं।

सुरेश : चुप करो नीता! बेशर्म!

नीता : हुँह! तुम सोचते थे, मुझे तुमसे प्यार था? हुँह!

सुरेश : था नहीं क्या? *(कोई उत्तर न पाकर वह दुख से चारों ओर देखता है। सब सिर झुका लेते हैं)* तुम यह मत समझना कि मैं इस बजरबट्टू के साथ तुमको भागने दूँगा, खासकर तब जब कि हम सब इतना...

गेंदालाल : उफ्। सँभल के बेटे! हाए, ये सरासर इस लौंडिया की गलत परवरिश का असर है।

बॉण्ड : हाँ, हाँ, बोलो न, जब कि क्या?

नीता : प्लीज सुरेश, जो हुआ, जब हुआ तब ऐसा बुरा तो न था।

महेश : मृग, मरीचिका।

नीता : सो यू सी सुरेश, अब हमारी शादी नहीं हो सकती—*(बॉण्ड से)* चलो कपड़े बदलो, प्यारे बॉण्ड, हम कश्मीर चलेंगे—वहीं शिकारे में... *(बॉण्ड भीतर जाता है)*

महेश : *(घड़ी देखकर)* कुल आधे घंटे में ही। आधा घंटा, और दुनिया कहाँ-से-कहाँ पहुँच गई!

[भीतर से बॉण्ड का घबराए हुए प्रवेश। हाथ में खुला बैग है जिसमें लुंगी में लिपटा ताजमहल है।]

बॉण्ड : मेरा बैग कौन ले गया—यह मेरा बैग नहीं।

शरीफा : गज़ब! इनका बैग शायद वो दोनों मुए-बब्बर और जोकर ले भागे हैं।

गेंदालाल : औ' बदले में ताजमहल हमारे लिए छोड़ गए। हा हा हा!

नीता : बॉण्ड, प्रियतम बॉण्ड, यही है वह ताजमहल, ओह बच गया, बच गया—प्रेम का अमर प्रतीक! बस, अब इसी में हम-तुम अपनी हनी। हम, तुम और ताज!

सुरेश : बस कर बेवफा, बस कर! ओह, अब सहा नहीं जाता!

रमेश : उफ़्, रहा नहीं जाता!

महेश : हाय, कहा नहीं जाता!

बॉण्ड : पर वो दोनों गए कहाँ? उफ़्, उस बैग में तो मेरा सब कुछ था, मेरे सुपरसॉनिक जैट का लायसेंस, मेरी उड़नछू कार की चाबियाँ, मेरा एक सौ एक फल वाला स्विस चाकू, मेरी बाल बराबर महीन

रस्सी, खाल बराबर मोटी खुकरी...

रमेश : वो तो ले गए चार-चार डाकू। टिल्लीली!

बॉण्ड : जुबान को लगाम दो।

सुरेश : अए बदगुमान, दिल थाम लो।

नीता : सुरेश! बॉण्ड!

बॉण्ड : पर बॉण्ड ने भी कभी हार नहीं मानी है, जूते कहाँ हैं मेरे? *(भीतर से फ्लिपर उठा कर लाता है। उसके भीतर से ब्लेड निकालता है।)*

गेंदालाल : यह क्या है बर्खुर्दार?

बॉण्ड : ब्लेड है अए मुर्दार! हीरे जैसी धार वाला ब्लेड। अभी अपनी घड़ी की सॉनिक वीप से इसे चालू करके अपने एक गगनविहारी रॉकेट में तब्दील करता हूँ—*(घड़ी के सामने ब्लेड रखता है—बत्ती गुल होती है—सुपरसॉनिक जैट की तेज़ ध्वनि—फिर धीमे-धीमे ध्वनि लुप्त होती है—बत्तियाँ धीमे-धीमे तेज़ होती हैं बॉण्ड गायब है।)*

नीता : *(चीखकर)* मुझे हाए अकेला छोड़ गए अरे बॉण्ड या, पिया, जियो मोराऽऽऽ *(मूर्च्छित होती है।)*

शरीफा : हाए मेरी बेटी! अरे माश्टर कहीं लखलखा होए तो लाके सुँघाओ। यह प्रेममूर्च्छा है। अरी कहा था न कि परदेसियों से ना अँखियाँ मिलाना।

गेंदालाल : *(नाड़ी देखकर)* सदमे से दिल डूब रहा है इसका, यह गहरी प्रेममूर्च्छा है। हाय, ताज भी ले गया मुआ बॉण्ड।

अरे मेरी प्यारी दुख्तर।
मेरी लख्ते जिगर
हाए तेरे मरने में कुछ भी

कसर ही नहीं—हाय, लानत इस जिन्दगी पे कि

बेटी ये मिली, औ' वो गई। बस, झगड़ा ही मिटाए देता हूँ। अए शरीफा—आ चल पहले यह छुरी तेरे जिगर के पार करता हूँ फिर अपने—हाए, अफसोस यही है कि जंग के मैदान में किसी जाँबाज की तलवार से मरने की बजाय एक नामर्द फिरंगी की दगाबाज़ी से अपनी बेटी-बीवी औ' खुद की जान गँवाता हूँ—और इस फरेबी दुनिया को छोड़ जाता हूँ—

[नीता को होश आता है।]

नीता : मैं कहाँ हूँ? सुरेश!

सुरेश : अब मुझे क्यों पुकार रही है ओ बेवफा?

नीता : क्या बॉण्ड हुआ रफा-दफा?

महेश : थेटर छोड़, तेरा नकाब उतर चुका है।

नीता : तेरी जुदा पसन्द है, मेरी जुदा पसन्द, तुझको खुदी पसन्द है, मुझको खुदा पसन्द। सुरेश—मेरे प्यारे!

रमेश : ओ नाशुक्री छोकरी! उस बेचारे की नाकाम मुहब्बत का मज़ाक न उड़ा।

नीता : *(बैठती हुई)* मेरा यकीन कीजिए, उस मुए बॉण्ड ने मुझे अपना एक गुप्त विलायती आफ्टर शेव लोशन सुँधा कर बस में कर लिया था। अब उसके जाने से असर उतर गया है। हाए, उसे पकड़ो, वह भी बब्बर का जिगरी दोस्त और मंगल ग्रह का निवासी है।

शरीफा : पर तुझे कैसे पता?

नीता : क्योंकि मैंने उसके बैग का बिल्ला पढ़ लिया था। उफ् उन्हें रोकिए फौरन, वर्ना मंगल ग्रह पर पहुँचते ही वे पृथ्वीलोक पर मृत्युकिरण छोड़कर

इसे वीरान बना देंगे। *(टेलीफोन पर बीप-बीप, नीता लपककर फोन उठाती है।)* यैस! क्या? अच्छा—जी हाँ—उफ! राइट। *(फोन रखकर)* कुल पैंतीस मिनट बचे हैं—अन्तिम चरण में—क्या करें? *(चुप्पी)*

शरीफा : अब बाबाजी की शरण में ही जाते हैं फिर से—बोलो परम्परा।

[सबके द्वारा गुरुमन्त्र का जप जो धीरे-धीरे तेज़ होता जाता है। बत्तियाँ कम होती हैं। बुझ जाती हैं। एक तमंचा छूटता है, स्त्रियों की चीख, एक लाल प्रकाशवृत्त में बाबा का प्रवेश]

बाबा : अलख निरंजन! बोलो भक्तो, बाबा को क्यूँ किया याद?

गेंदालाल : बाबा जी, सुनें फरियाद।

शरीफा : हाय बाबा जी, मौत खूनी कुत्ते की तरह खून सूँघती सीधी बढ़ी आ रही है हमारी ओर...

सुरेश : सीधे मंगल ग्रह से।

रमेश : जोकर और बब्बर के पास बॉण्ड का सामान है।

सुरेश : और बॉण्ड के पास है ताजमहल।

महेश : औ' वह हीरे जैसी धारवाले ब्लेड के रॉकेट पर बैठकर सीधे चला जा रहा है मंगल ग्रह की ओर।

नीता : औ' बाबा उसकी शक्ति गर जा मिली बब्बर औ' जोकर से तो—

बाबा : शान्ति! शान्ति! शान्ति! समय बहुत थोड़ा है—इसलिए काम ज्यादा, बात कम। ताँबे का लोटा है कोई?

शरीफा : है बाबा। *(भागकर लाती है।)*

बाबा : पाव-भर गुड़। एक लाल वस्त्र, सात लाल जवापुष्प, पन्द्रह दाने काली मिर्च और सात लौंग लाओ। *(सब भागदौड़ कर लाते हैं।)*

उत्तर सुमिरूँ नारायण को, दक्षिण रामराव का राज
पच्छिम सुमिरूँ शेराँवाली को, पूरब जगन्नाथ महाराज।
सुमिरूँ कालिका और भवानी हिंगलाज की शारदा माय
सुमिरूँ भूमि इन्द्रप्रस्थ की जो मेरी हरदम करै सहाय।
चण्डी सुमिरूँ कश्मीर की, दाहिनी भुजा विराजै आन
मंगल ग्रह की करो चढ़ाई, जैसे जैसे करूँ बयान॥
जै शंकर। काँटा लगे न कंकर। पकड़ बुलाओ पाजियों को।

[नेपथ्य में तमंचा छूटना, बत्ती जलना, बुझना—शेष सब गुरुमन्त्र का जाप कर रहे हैं। इसी कोलाहल के बीच दरवाज़ा धाड़ से खुलता है—बब्बर, जोकर, पीटो-टीटो और बॉण्ड का प्रवेश—आगे के डायलॉग 'सारे जहाँ से अच्छा' गा गाकर पढेंगे।]

बब्बर : किसने हमें बुलाया?

जोकर : दम घुट रहा हमारा

बॉण्ड : हम बुलबुलें हैं किसकी?

टीटो, पीटो : जेलर है कौन हमारा?

बाबा : हाज़िर करो, अए नशुक्रे नामुरादो, हाज़िर करो ताज हमारे आगे।

[जोकर बॉलपाइंट, बब्बर तमंचा तथा बॉण्ड ब्लेड निकालने की चेष्टा करते हैं।]

बाबा : बच्चो, अब हमारे मन्तर से जकड़ गए हैं तुम्हारे हथियार। दो ताज। तो तुम्हें छोड़ दूँ।

जोकर : नहीं।

बब्बर : कभी नहीं।

बॉण्ड : नहींऽऽऽ। कभी नहीं।

[बैग छीनने को बाबा के चेले पास आते हैं तो वह उसे अपने टोले को 'पास' कर देता है। अब पूरी महफिल खो-खो की टीमों की तरह दो दलों में बँट जाती है। एक छोर पर बाबा है, दूसरे पर बब्बर।]

बाबा : अक्कड़-बक्कड़ बम्बे बौं।

गेंदालाल : अस्सी नब्बे पूरे सौ।

शरीफा : सौ में लगा तागा।

नीता : चोर निकल के भागा।

[इसके साथ ही खो-खो की तरह बैग झपटने-पास करने का खेल शुरू होता है—अन्ततः महेश जोकर को, सुरेश बॉण्ड को, बाबा बब्बर को, रमेश टीटो को तथा गेंदालाल पीटो को दबोच लेते हैं। एक बैग नीता और एक बैग शरीफा ले लेते हैं। महेश की मदद से सब अपने-अपने शिकार को बाँधकर अन्त में पाँचों बदमाशों को एक रस्सी से बाँध देते हैं।]

बाबा : *(हाथ झटकाकर)* चलो, यह काम पूरा हुआ—गेंदा बेटे, इन पाँचों को बाहर मेरे सुरग—यान में बिठा के बाईं ओर से पाँचवाँ बटन दबा दीजो—ये सीधे

सौरमंडल के आखिरी ग्रह प्लूटो के बगल में पहुँच जाएँगे। असूर्यानाम् चते लोकाः। वहाँ ये खुदबखुद ब्लैकहोल नामक सितारे की काली गहराइयों में घुस जाएँगे, जहाँ सब-कुछ उल्टा चलता रहता है। वहाँ डायरेक्टर नाटकों में अभिनय करता है। अभिनेता उसकी ऐसी की तैसी करते हैं—जनता चुनाव-प्रचार करती है और नेता भूखों मरते हैं, और बहुएँ जो हैं वो ससुरों-जेठों-देवरों को ज्यादे दहेज लाने के कारण जला डालती हैं।

[रोते-रोते बदमाशों का प्रस्थान। बाहर से जेट की ध्वनि। गेंदा का पुनर्प्रवेश।]

बाबा : शाबाश! उन बदमाशों के लिए अन्त में यही मौत लिखी थी।

शरीफा : बाबा, आपने सब मुश्किलें बखूबी आसां कर दीं, बस एक शै और सुलझा दें—वो ये कि अब इस मुए ताज का भी कुछ करा दें—जो न उगलते बनता है न निगलते। ये बिक जाए तो हमारी गाड़ी आगे चले, औ' जी की कली खिले।

बाबा : हा हा हा, यहाँ हम अपना आखिरी और जंगी राज खोलते हैं। *(भयोत्पादक संगीत)* हमारा एक गुप्त अन्तर्राष्ट्रीय स्वरूप भी है।

सभी : *(समवेत)* क्या?

बाबा : हाँ, हम दुनिया के इस मायाचक्र को घुमाते रहने के सबब से विश्व के अनेक देशों में सबसे बड़े, सबसे विशाल, सबसे खुशहाल योगाश्रम भी चलाए रखते हैं *(चोला उतारते हैं। भीतर से वे थ्री पीस सूट पहने हैं—जेब से चश्मा निकालकर लगा*

लेते हैं।)

सभी : *(समवेत)* स्वामी जी! योगीराज!

बाबा : तो मेरे बच्चो, तुम्हारा यह ताज, हम खरीदे लेते हैं—पूछो, किसलिए?

सभी : *(समवेत)* बाबा किसलिए?

बाबा : इसलिए कि अपनी जवानी में कड़की के दिनों में हम इसी के पास मूँगफली का ठेला लगाए किए थे। अपनी मुफलिसी के इस चश्मदीद गवाह की छाँव में ही हम अपनी स्वर्गीया पत्नी से मिले थे। तो अब उसी की पुण्यस्मृति में हम इसे इस भारत दैट इज इंडिया नामक अपने प्यारे राष्ट्र के नाम समर्पित करते हैं। पूछो, किस तरह?

सभी : बाबा, कैसे?

बाबा : वो ऐसे कि इसे अभी पल-भर में वापस वहीं लगा देते हैं, जहाँ कि ये था—यानी जस का तस। अब तुम्हें यह भी बताने में हर्ज नहीं कि इलाके का पूरा पर्यटन विभाग, वहाँ लगी तिरपाल की बाड़ का ठेका, मन्त्रियों के विमान की बुकिंग और देसी-विदेशी ताकतों के हाथ—सबमें हमारे इक्विटी शेयर हैं यानी हमने बस यही किया, कि इस जेब से इसे उस जेब में ट्रांसफर कर दिया।

हाँ, इस सबके बदले में तुम पूछना चाहोगे कि इस सारे धन्धे से मुझे क्या मिला? सो *(हॉल की ओर इशारा करके)* मेरे बच्चो, कलाओं का यह पूरा भारत भवन हम राष्ट्र के नाम आप सब एक्टरों की जमात को समर्पित करते हैं। अठारह हाथ के इस अखाड़े में आप सब मजे में अपनी-अपनी कलाबाजी दिखाइए, कला का कलाकन्द

खाइए, भाई-भतीजों को खिलाइए और गुन गाइए उस ऊपरवाले के जिसने कि यह लीला बनाई। कलाओं के इस जनतन्त्र को कोई खटका नहीं। यहाँ अनन्तकाल तक प्रेम से रहिए, नाटक कीजिए और आलोचकों की गालियाँ खाइए और फिर नाटक कीजिए, क्योंकि ऑडन ने कहा कि हमें प्रेम करना चाहिए, नहीं तो मर जाना चाहिए।

[सबके द्वारा बाबा की जै-जैकार]

[परदा]

●●●